음악으로

가득한

음악으로

가득한

다카기 마사카쓰 지음

오하나 옮김

음악으로 가득한, 우리 모두에게

다카기 마사카쓰의 앨범 《마지널리아》Marginalia를 듣습니다. 그의 피아노 선율은 온갖 소리에 파묻혀 멀지도 가깝지도 않게 들려옵니다. 그런데 '피아노 소리가 들린다'는 말보다, 피아노를 품은 '세상이 들린다'는 표현이 더 맞을지도 모르겠습니다. 산새와 풀벌레, 바람과 빗소리, 우루룽대는 산돌림까지, 활짝 열린 작업실 창문 너머에서 건너온 온갖 소리가 들어 있으니까요. '자연은 멜로디입니다. 피아노는 하모니입니다.' 이 두 문장으로 그는 《마지널리아》 앨범을 소개합니다. 어떤 편집도 가공도 없이 세상과 만들어 낸 유일한 악보는, 어쩌면 음악을 길어 올린 바로 그 '순간'이었을지도 모르겠습니다.

올여름에 발표한 무려 174번째 《마지널리아》 커버의 주인공은 잎사귀에 달린 작은 벌집입니다. 저에게도 무척 친숙한 쌍살벌 집이었지요. 그렇지 않아도 얼마 전 그가 벌에 쏘였다는 얘기를 들었던 터라 이 곡이 예사롭게 들리지 않았습니다. '맞아. 나도 귤 농사를 지으며 여름이 오면 꼭 한두 번은 쏘이지.' 생각하다 보니 그가 괜히 더 가깝게 느껴집니다.

사실 10여 년 전 스치듯 그를 만난 적이 있습니다. 해마다 열리는 〈피아노 에라〉Piano Era 공연이 끝나고 무대 뒤에서 만난 날 그에게 건넨 첫 마디는 어이없게도 "저도 시골에 살아요"였습니다. 그 말은 정말 생각할수록 부끄럽지만, 도쿄까지 공연을 보러온 이 '시골 뮤지션'을 위해 정성스레 사인을 해 주던, 활처럼 둥글게 휜 그의 등줄기가 이상하게 잊히지 않습니다.

교토 인근의 신도시에서 태어난 그는 어느 날 효고현에 자리한 깊은 산골로 들어가 시골살이를 시작합니다. 그곳에서 그는 집을 고치고, 농사를 배우고, 창문을 열어 둔 채 피아노를 치고, 눈을 치우고, 땔감을 찾고, 풀을 베고, 이웃과 음식을 나누며 살아갑니다.

"신이란 뭘까요?" 백 살이 된 이웃 할머니 시즈 씨에게 어느 날 그가 묻습니다. 할머니는 "바람이 불고 있어요. 잎들이 뒤집히네요. 그러고 나면 큰 바람이, 큰 바람이 일지요"라며 알 듯 말 듯한 답을 합니다. 한 세기에 걸친 삶의 지혜를 자연에 빗대어 전하는 할머니처럼, 그도 '바람이 불 때마다 무언가가 끝나고 또 무언가가 시작'되는 세상과 자연의 섬세한 변화들을 온몸으로 느끼게 됩니다.

그는 음악을 듣는 이와 들려주는 이로 굳이 나누려 하지 않습니다. 이야기꾼, 춤꾼, 이엉장이까지 한 무대에 모여 공연을 하고, 창 너머에 사는 모든 존재를 어엿한 음악가로 초대해 '마지널리아'를 꾸려가니까요. 이 책에 담긴 어떤 글에도 유려한 수사나 그럴듯하게 남의 사유에 기댄 흔적이라곤 없습니다. 아마 그럴 필요가 없었을 겁니다. 조금 거칠고 투박한 문장일지 몰라도, 하나같이 펄펄 살아 있으니까요. 몸으로 겪은 글은 언제나 힘이 센 법입니다.

저자의 다정한 이웃인 80대 할머니 하마 짱은 입버릇처럼 말합니다. "있으니까." 그러니까요. 바로 지금, 있다는 것. 끝없이 변하는 계절이 있고, 불어오는 바람이 있고, 몸을 뉠 집이 있고, 함께 손잡을 이가 있다는 것. 그가 고민하는 '전체성'이란, 결국 '전부 이곳에 있다'는 깨달음 아니었을까요. 짧은 생을 마친 병아리 피요도, 검은 고양이 첼로도, 마을의 느티나무도, 삶도 죽음도, 덜 것 더할 것 없는 온전한 하모니를 자아냅니다.

　　이 책은 음악으로 써 내려간 에세이이자 글로 써 내려간 악보집입니다. 동시에 '음악으로 가득한' 이 세상을 살아가는 우리 모두에게 전하는 삶의 찬가이기도 합니다.

루시드 폴 | 음악가, 농부

시작하며

책을 내며 과거를 돌아보니 꼭 대청소 날에 발견한 옛날 앨범 같습니다. '그런 일도 있었지, 이런 일도 있었어' 하며 그리움에 젖어 들었습니다. 지금과는 달랐던 그때의 마음이나 더 이상 만날 수 없는 사람과 풍경까지 떠올라 참 애틋합니다. 계속 앞으로 나아가는 시간을 붙잡아 둘 수도 없는 노릇이니, 그림이나 글, 음악으로 남기면 좋겠다고 생각해 왔습니다. 책이 나오고 가장 기뻐한 사람은 바로 저였을지 모릅니다.

　　이 책은 기라쿠샤칸木樂舎刊에서 발행하는 월간지 『소토코토』ソトコト에 2012년 5월호부터 2018년 8월호까지 실린 원고를 바탕으로 엮은 것입니다. 연재를 한 6년 사이 여러 일이 있었지만, 무엇보다 산속의 작은 마을로 이사한 것이 큰 전환점이되었습니다. 눈이 핑글핑글 돌 만큼 살아서 움직이는 자연 그리고 마음이 넉넉한 사람들에 둘러싸여 살았습니다. 그 속에서 제 마음도 나만의 것을 밖으로 드러내기보다는 내게 다가오는 것을 온전히 받아들이는 쪽으로 변해 온 듯합니다.

　　물론 산골 생활 초반에는 저도 모르게 '그게 있으면 좋겠는데', '여기가 이런 곳이면 좋을 텐데' 하고 떼를 쓰기도 했습니다. 그렇지만 책에 곧잘 등장하는 하마 짱은 종종 이렇게 얘기하더군요. "있으니까." 이 말 덕분에 무언가 내게 없는 것을 찾던 마음에 시달리지 않고, 눈앞에 넘치도록 가득 찬 것들을 새롭게 발견할 수 있었습니다. 하루하루 살아가는 것. 대수롭지 않게 보고 듣고 만지고 느끼는 것만으로 늘 행복할 수 있음을 알았습니다.

이렇게 글을 쓰는데 곁에서 우리 집 흰 고양이가 "야옹, 야옹" 뭔가를 달라고 보채는군요. 창밖에서는 저녁 매미가 웁니다. 희한한 울음소리가 어떤 때는 불경 외는 소리처럼 들리기도 합니다. 오골계도 질세라 "꼬, 끼오오오" 하고 울기 시작합니다. 여름날 해 질 무렵에는 사방이 빈틈 하나 없이 소리로 가득 찹니다. 이렇다 할 일도 없지만 그것으로 충분히 행복합니다.

이 책은 여섯 장으로 쓰였습니다. 대체로 쓴 순서대로 나열했지요. 서른두 살부터 서른아홉 살이 되기 직전까지의 일상이 담겨 있고, 나고 자란 뉴타운에서 산골짜기의 작은 마을로 배경이 바뀌며, 시간이 흐를수록 문체도 변합니다. 예전 글을 읽으면 마음이 이상하게 울렁입니다. 문장을 고치고 싶은 욕구도 생기지요. 하지만 그때그때 달랐던 그대로가 더 흥미롭고 잊었던 마음이 되살아나 그냥 두기로 했습니다. 매번 그 순간의 진솔한 이야기를 적었으므로 있는 그대로 모두 소중하게 받아들이려고 합니다. 어느 편이나 눈길이 가는 대로 읽으셔도 좋습니다.

책을 펼쳐 주셔서 기쁩니다. 고맙습니다.

다카기 마사카쓰

차례

노래가
태어나는
_____ 순간
_____

바람이 살랑거리는 냇가에 앉아 잠시 쉬는데 작은
비단게가 돌 아래를 바삐 기어간다. 밀짚모자를 쓴
아이는 참을 수 없다는 듯 까르르 소리를 지르며 붉은
게의 뒤를 쫓는다. 그러고 보니 요전날 북쪽 강에
놀러 갔을 때는 강바닥의 돌들이 모두 웃는 것처럼
보였다. 특히 돌의 색과 모양이 제각각이라 신기하고
사랑스러웠다. 마치 팔레트 위에 셀 수 없이 많은
그림물감이 늘어선 것만 같았다. 모든 돌은 낱낱이
아름다웠고 짝을 지으면 새로운 아름다움이 생겨났다.
노래가 태어나는 순간이었다.

뉴타운, 나의 고향

나는 뉴타운에서 자랐다. 그때를 생각하면 기묘한 기분이든다. 같은 단지라면 남의 집이라도 내 맘대로 드나들 수 있다고 믿던 때였다. 1층에 사는 이웃 할머니 댁으로 당당하게 들어가 뜬금없이 손톱을 깎아 달라고 한다든지, 아무리 봐도 험상궂은 아저씨들이 우글거리는 소굴에 주눅 든 채 앉아 있다든지. 그곳은 가족과 타인이, 어른과 아이가 구분되지 않은 세계였다.

단지에서 한 걸음만 밖으로 나가면 반지르르한 새 도로와 콘크리트로 주변을 다진 하천과 잔디 공원이 보였다. 주위에는 하얗게 빛나는 맨션들이 늘어서 있었다. 여기저기가 모두 반짝거리고 새로웠다.

교토 변두리에 위치한 라쿠사이 뉴타운洛西ニュータウン

이라 불린 마을은 어린아이의 눈에도 확실히 '새로운 마을'로 보였다. 그 반짝임에 나는 한껏 부풀어서 누군가에게 내가 뉴타운에 산다는 걸 자랑하고 싶어 안달이 났다.

○

유치원에 들어가 이 지역에서 전부터 살아온 아이를 사귀었는데, 친구네 집에 놀러 갔다가 깜짝 놀랐다. 옛날이야기에나 나올 법한 차원이 다른 공간이었기 때문이다. 짚과 나무로 지은 집. 물이 내려가지 않는 변소. 낮인데도 집 안이 어두컴컴해서 도깨비가 산다 해도 이상할 게 없었다. 우리 단지에서 걸어갈 수 있는 동네인데도 친구네 가족의 말투와 몸놀림, 표정, 모든 것이 달라서 무서웠다. 그 아이의 집과 가족에게서 '센 기운'을 느꼈다. 난폭하고 지저분하고 밑바닥이 보이지 않는 힘. 뉴타운에서는 결코 맛본 적 없는 강하고 두려운 기운이었다.

초등학생 무렵에는 산 하나를 넘어서 가메오카亀岡라는 시골로 이사를 갔다. 시골이라고는 하지만 그곳도 산을 깎아서 조성한 신흥 주택 단지였다. 갓 지은 서양식 주택들이 알록달록 늘어서 있었다. 이제 막 정비를 마친 주위 공터에 차례차례 새집이 들어섰다.

나는 전에 살던 뉴타운보다 더 새로운 이를테면 '신 뉴타운'에 감격했다. 초등학교에 입학하니 새로 지은 학교라 학생들 모두 전학생이었다. 학기마다 새 학생이 들어와 전학생은 늘어만 갔다. 새로 사귄 친구들도 새집에 살았다.

개발은 척척 진행되고 마을에는 새 이름이 붙었다. 매일매일 무엇이든 새로워져 갔다. 예부터 이어져 내려온 관습이나 규율 따위에 얽매이지 않고 우리끼리 온갖 규칙을 만들 수 있을 것만 같았다. 너무나 자유롭고 마음 편한 세계였다.

그런데 중학교에 들어가서는 다시 센 기운을 맛봐야 하는 처지가 됐다. 다른 통학 구역에서 모인 이 고장 토박이 아이들은 내가 다닌 초등학교 동기들보다 체격도 훨씬 크고 어른 같았다. 우리가 잘 모르는 농담을 던지고, 동물적인 몸놀림은 활기찼으며, 표정에는 걱정이랄 게 없었다. 산마루에 새롭게 조성된 윗동네에서 내려다보던 '예부터 있어 온 세계'는 확실히 야성적이고 힘이 넘쳤다.

새로운 마을을 진심으로 좋아하고 새것에 둘러싸여 있는 데서 자신감과 긍지를 느꼈던 나는 마음 깊이 위축되어 어쩐지 뉴타운을 부끄럽게 여기게 됐다.

최근까지도 나는 초등학생 시절부터 살던 뉴타운 집에 계속 살며 음악과 영상을 만들었다. 그런데 최근 몇 년 동안은 민족, 민속 문화, 일본 음악, 토착 문화, 옛 생활 방식 같은 것에 흥미를 느꼈다. 왜 그런 것들을 동경했을까? 나는 서양 악기인 피아노를 치고 서양화 같은 영상을 만드는데, 그걸 일본이 아닌 장소에서 발표할 때마다 마음이 편치 않았다. 전통문화가 고스란히 남아 있는 고장을 여행할 때면, 내가 태어난 나라의 문화를 이어받지 않았음을 확인하고는 어딘가 붕 떠 있는 느낌을 받았다. 지나치게 서양화된 나 자신에게 혐오를 느끼고 난 뒤로는 내 나라를 제대로 알기 위해 꽤나 노력했다.

혹시 그 모든 불편한 감정의 발단은 어린 시절에 처음 느낀 '센 기운'이 아니었을까? 그 기운에 끌려 옛것을 좇아 공부하고 따라잡으려 애썼던 건 아닐까.

이를테면 모르는 고장에 가서 그곳의 축제를 접하면 항상 부러운 마음이 인다. 내가 나고 자란 뉴타운에는 전해 져 내려온 문화가 없어 축제라고 해 봤자 마을 자치회에서 준비한 '백중맞이 춤'* 정도였다. 그것도 TV 인기 애니메이 션 주제가에 맞춰서 춤을 췄던 기억뿐이다. 마을의 전설이 나 독특한 방언도 우리가 제멋대로 익살스럽게 만들어 낼 수밖에 없었다. 그래선지 누군가가 망설임 없이 자신의 고 향 이야기를 꺼낼 때마다 내가 꾀를 부리며 살아온 듯한 열 등감에 사로잡혔다.

2011년 동일본대지진** 이후로 온갖 곳으로부터 '고 향'이라는 말이 날아들었다. 그동안 내색하지 않던 사람 들도 지금까지 경험해 본 적 없는 다양한 센 기운들을 한 꺼번에 꺼내 놓았다. "좋은 약은 입에 쓰다"고들 하는데 그 사건을 계기로 내 안에서 스스로를 얽매던 주술이 스르르 풀린 것 같다.

내 고향은 뉴타운. 산을 깎아서 너구리도 여우도 내쫓 은 풍경이 애틋하게 느껴지고, 서양식의 엇비슷한 집들이 늘어선 경관마저 소중하다. 애니메이션 주제가로 물든 축 제에도 향수가 깃든다. 지금 여기가 바로 내가 두 발을 붙이고 살아도 좋을, 내게 힘을 주는 나의 진짜 고향인 것이다. 그렇게 생각하니 차례차례 곡이 떠올랐다. 이 곡도 저 곡도 나의 고향 노래다.

* 음력 7월 15일 백중날 전후 기간에 조상의 영을 기리기 위해서 마을 사람들이 한자리에 모여 추는 춤.
** 2011년 3월 11일 일본 도호쿠 지방 태평양 연안 앞바다에서 지진이 발생하여 강력한 쓰나미가 밀려왔다. 도호쿠와 간토 사이 동일본 일대가 막대한 피해를 보았다.

아기처럼

아기와 마주할 때면 나는 아기가 되어 재잘거린다. "아~ 아~" "까르르 까르르." 이유는 몰라도 좋다. 아기도 이유 같은 건 모르고 소리를 냈을 테니까. 그저 얼굴을 마주하고 싶었는지도 모르고 무언가 의미를 전하고 싶었는지도 모른다. 내가 아기였을 때의 기억은 거의 남아 있지 않지만 아기와 마주보고 이렇게 재잘거리면 소중한 걸 되찾은 듯한 기분이 든다.

아이랑 놀 때는 나도 아이가 되어 논다. 아저씨도 전에는 아이였으니 알고 있다고. 청년과 이야기 나눌 때는 나도 청년이 되어 함께 고민한다. 애당초 대답 같은 건 그 누구도 대신해 줄 수 없지만, 어딘가에는 답이 있지 않을까 하고. "너와 한마음이 되어서 찾아볼게." "어른들은 몰라요."

"아니야, 나도 푸릇푸릇할 때가 있었어. 푸르러지려고 진심을 다하면 푸르러질 수 있어."

어른과 만날 때면 내가 아는 것을 전하고 모르는 건 배우려 한다. 그때 나는 어른이든 어린아이든 무엇이든 상관없다. 다만 가능하다면 지금까지 살아온 '내 모습의 총체'로 존재하고 싶다. 사실 누구와 만나더라도 그럴 수만 있다면 아주 흥미로울 것이다.

아기였을 때는 쏟아지는 빛, 신비로운 소리, 고약한 냄새, 몸에 닿는 것들을 어떻게 느꼈을까? 기억에 없는 그 시절은 "갓난애도 아니잖니" 하는 말과 함께 예기치 못하게 닫혔을 거다. 나는 주저 없이 아기에서 '아이'가 되었다.

무엇에든 푹 빠져 놀고, 지나치게 두렵고, 세계가 선명한 색깔로 보이고, 모든 것이 노래하고 있음을 알았지만, "더 이상 애도 아니고 말이야"라는 말을 들을 때쯤 나는 스스로를 타이르면서 아이의 세계를 뒤로하고 '청년'이 되었다.

아직 보이지 않는 세계에는 어떤 굉장한 것이 기다릴까? 어떻게 하면 그런 세계에 도달할 수 있을까? 그 세계를 잘 살아낼 수 있을까? 끙끙대고 고뇌하며 헤쳐 나가던 날들. 어느덧 그런 고민들을 뚜껑으로 닫아 버린 나는 '어른'이라는 문 안으로 들어갔다.

사회로 나가면 사회인이 되고, 결혼하면 남편이나 아내가 된다. 자식이 생기면 아버지나 어머니가 된다. 나이가 들면 노인이 된다. 그때그때 각자의 역할을 다하는 건 매우 중요하고 필요한 일이다. 하지만 그것만으로는 역시 무언가가 아쉽다.

나는 지금을 얼마나 온전한 나 자신으로 살고 있을까? '불필요해진 나'를 버린 만큼 홀가분하고 세련된 어른이 되었다면 좋겠지만, 지나치게 좁은 생활 방식 안에서 그저 하루하루 사는 건 아닐까? 어른으로 거듭나기 위해서 매번 버려 왔던 많은 '나'는 대체 어디에서 무얼 하고 있을까? 어떻게 하면 닫아 버린 뚜껑을 하나씩 다시 열어서 나 자신을 되찾을 수 있을까?

⋰⋰

'마중물'이라는 단어가 있다. 우물의 펌프에서 물이 나오지 않을 때 펌프에 물을 부으면 다시금 물이 나오는데, 그때 처음 붓는 물이 바로 마중물이다. 애니메이션 영화 <이웃집 토토로>となりのトトロ에도 등장한다. 물이 물을 부른다. 사람의 인생에도 같은 처방을 내릴 수 있진 않을까? 내가 만드는 음악과 영상은 종종 '그립다', '향수를 불러일으킨다'는 말을 듣는다. 나는 그걸 최고의 찬사로 받아들여 왔다. 개인적으로도 그립게 느껴지는 물건, 사람, 풍경을 특히나 좋아한다.

누군가가 만든 물건을 보고 '어쩐지 그립다'라고 느낀 적이 없는가? 초면인데도 '아, 이 사람. 어쩐지 그리운 느낌이야' 하고 생각하거나 처음 가본 곳에서 '그리웠다'는 느낌을 받았던 경험 말이다. 무언가를 만나고서 '그립다'고 느끼는 건 이미 자기 안에 있던 것에 닿았기 때문이다.

설령 잊어버렸다고 해도 모든 건 자기 안에 남아 있다. 인생의 단락 단락마다 뚜껑을 닫아 쫓아낸 '과거의 자신' 역시 잠시 잊었을 뿐, 언제까지나 내 안에서 계속 살아가는 게 틀림없다. 언젠가 뚜껑이 열리면 조금은 괴상하고 꽤나 재밌는 이야기를 들려주려고.

균형의 기쁨

나는 형이 태어나고 1년 5개월 뒤에 태어났다. 이른바 차남이다. 어머니는 둘째가 여자이길 바랐던 건지 어렸을 적 사진을 들여다보면 여자아이 수영복을 입고 신나라 하는 내가 있다. 길을 걸으면 자주 "어머, 따님이신가 봐요"라는 소리도 들었단다.

유치원 무렵 사진에는 연년생이나 쌍둥이에게서 자주 볼 수 있는 거의 같은 형태의 옷을 입은 형과 내가 등장한다. 형은 녹색이나 감색 같은 차분한 색, 나는 하양이나 빨강 같은 화려한 색. 특별히 화려한 걸 좋아했던 게 아니다. 형이 먼저 그런 색을 고르니까 나는 다른 색을 골랐을 뿐이다. 차남이란 그런 거다.

지금도 새롭게 무언가를 만들기 시작할 때, 나는 우선

다른 사람이 어떻게 하는지를 살펴본다. 그러고서 아직 누구도 하지 않은 빈틈이라는 걸 알았을 때 비로소 작업에 착수한다. 솔선해서 하고 싶은 일은 별로 없다. 누군가가 마련해 둔 무언가와 또 다른 누군가가 만든 무언가 사이의 빈틈, 거기서 자기 자리를 발견하는 게 주특기다.

생일날이면 눈앞에 딸기케이크가 놓였다. 형은 딸기를 먼저 먹어 치웠다. 나는 딸기를 마지막에 먹으려고 빵부터 먹었다. 내 딸기를 슬쩍슬쩍 넘보는 형. "형아, 먹을래?" 나는 형에게 딸기를 준다. 생일날 찍은 사진을 보면 정작 내 생일에는 기뻐 보이지 않고 수줍게 손을 올리고 있는데, 형 생일날에는 형보다 더 흥분해서 만세를 부른다. 그 얼굴이 무척이나 생기발랄하다.

◌

'세 살 영혼 백세까지'*라는 말이 있는데, 가지고 태어난 성질 때문인지, 자라 온 환경 때문인지, 어릴 때 겪은 기쁨은 어른이 되어도 한 사람의 중심에 자리하기 마련이다. 전부터 나는 항상 누군가를 위해서 작품을 만들었다. 의뢰받은 영화 음악은 물론이고, 누구한테도 의뢰 받지 않고 뛰어든 작품마저도 나는 누군가를 위해서 만든다. 그 누군가가 실재하는 사람인지 기억 속에만 있는 사람인지는 모른다. 열 살 무렵의 나를 기쁘게 해 주려고 임하는 때도 있다. 어쨌든 간에 지금의 나 자신이 아닌 누군가가 기뻐하는 게 느껴지면 나 역시 비로소 띌 듯이 기쁘다. 누군가가 기뻐하지 않으면 즐겁지 않다. 감동을 주려고 쓴 미담이 아니라 내가 원래 그렇다는 얘기다.

나는 형을 유심히 관찰했다. 어릴 적 형이 갖고 싶은 걸 간단히 손에 넣을 때 뒤에서 엄마가 갖가지 뒤치다꺼리를 하는 모습을 자주 보았다. 그래서 "이거 갖고 싶어"라고 좀처럼 말하지 않는다. 형이 제일 고급스러운 초밥을 시키면 나는 재빨리 가장 싼 오이 김말이를 주문하는 식이다. 어디까지나 나름대로 균형을 맞춘 것에서 피어나는 기쁨. 그것이 차남으로서 나의 기쁨이다.

물론 그렇게 균형을 맞추다가도 '이것만큼은 절대 양보할 수 없다'는 순간이 찾아온다. 용기를 쥐어짜서 "갖고 싶어"라고 말해 보지만, 그 말이 확 와닿지 않은 부모는 대체로 흘려버리기 일쑤다. 그럴 때면 지금까지 균형을 맞추려 참고 양보해 온 일들이 한꺼번에 뿜어져 나와서 결국 울음을 터뜨리며 맹렬한 마음을 표현한다.

○

어쩐지 푸념 같은 글이 되어 버렸다. 형은 형대로 막내는 막내대로 각자의 길과 기쁨을 탐구해 왔을 거라고 본다. 모두가 탐내는 무언가가 눈앞에 놓여 있을 때 누구보다도 먼저 자기 손에 넣는 게 기쁨인 이가 있는 반면, 자기가 아닌 진심으로 갖고 싶어 하는 이에게 그걸 주는 게 기쁨인 이도 있다. 어쩌면 누구의 손에도 들어가지 않는 걸 기쁨으로 여기는 사람이 있을지도 모른다. 어느 쪽이 옳다거나 아름답

다는 말이 아니다. 세상에는 여러 종류의 기쁨이 있다는 이
야기다.

내 안의 천재에게

나는 이런 식으로 작품을 만들어 간다. 우선 여러 가지 정보를 모으는 것부터 시작한다. '정보를 모은다'고 썼지만 뭔가 새로운 것을 탐색하는 게 아니라, 아내와 밥을 먹으며 이전까지 겪어 온 일을 회고하는 식이다. 그래서 평소에도 '이게 뭐가 되려나' 싶은 이유를 알 수 없는 일들을 많이 해보는 편이다.

여행을 떠나고, 사람을 만나고, 누군가의 권유로 따라나서고. 특히 몸으로 기억해 둔다는 건 중요하다. 최근에는 처음으로 후지산에 올랐다. 그렇다고 등산의 경험이 바로 작업에 담기는 건 아니다. 몇 주 혹은 몇 년 후일지모르지만 어느 날 문득, 산 정상에서 내려다봤던 경치나 산을 오르면서 느낀 이런저런 상념이 불시에 멜로디나 색이 되어 작품으로 드러날 것이다. 그런 식으로 평소 여러 종류의 일에 몸을 담근다. 요리를 하고 흙장난을 치고 더러운 걸 묻히기도 하면서 여러 가지를 기억한 손으로 피아노를 치고자 노력한다.

곡을 만들 때는 우선 피아노 앞에 앉는다. 잠시 건반을 쳐 보지만 여간해선 새로운 곡에 도달할 수 없다. 연주하는 걸 그만두고 어떤 기분에 젖어 본다. 올해 작업한 애니메이션 영화 〈늑대아이〉おおかみこどもの雨と雪 사운드트랙을 예로 들자면, 내가 어머니가 된 기분을 상상해 본다. 배우가 연기하는 것처럼 몸동작, 발성법, 동작의 속도 등 내가 아는 한도 내에서 최선을 다해 어머니가 되어 보려고 한다.

이때 '나다움'을 떠올리지 않는 게 가장 중요하다. 새롭게 무언가를 만든다는 건 새로운 나로 거듭날 수 있는 기회이기에 기존의 자신을 신경 쓰면 손해다. 나는 무엇이든 될 수 있다고 생각하면서 연주를 시작한다. 사흘 정도 질릴 때까지. 연주한 건 모조리 녹음해 둔다. 여기까지가 데모 만들기 과정이다.

질렸으면 일단 진정하고 원래의 나로 돌아온다. 녹음한 데모를 들으면서 정리한다. 마음 가는 대로 연주한 것들뿐이라 이상한 구석이 수두룩하다. 그걸 일일이 듣고 '이렇게 하면 좀 더 낫네', '가슴을 울리는 곡이다', '이건 별로다', '지금은 어찌 됐든 상관없는 곡'과 같은 식으로 나누어 정리해 간다. 사진을 정리하는 것과 비슷하다. 생각지도 못한 표정이 남아 있는 게 역시나 흥미롭다. 다듬지 않아도 좋은 거다. 여기까지 왔다면 작곡은 거의 끝난 셈이다.

이제 연습에 들어간다. 곡에 숙달될 때까지 자꾸 틀리는 부분과 '내가 이런 연주도 할 수 있다니!' 하고 흥미롭게 느끼는 부분을 몇 번이고 반복한다. 이 시간이 음악가에게는 매우 중요하다. 새로운 연주법과 새로운 표현법을 몸에 확실하게 익힌다. 이상하거나 잘못된 부분은 고쳐 치고, 불필요한 부분은 지운 뒤 이어 붙이고, 다른 악기 음을 추가해 보는 식으로 더 좋은 소리를 찾아 나간다.

그러는 사이 곡은 스스로 '이쪽으로 가고 싶어!' 하고 말을 걸어오는데, 어렵게 생각하지 않고 그 감각을 따라간다. 머리를 쓰면 실패다. 통화가 "여보세요"로 시작해서 "그럼 이만"으로 끝나는 것처럼 음악에도 시작과 끝이 있다. 한 걸음씩이라도 계속 내딛다 보면 언젠가는 "그럼 이만"에 도달하게 마련이다. 그만두지 말고 일단 끝까지 가 보는 거다. 많은 경우 막바지에 이르면 예상치도 못했던 무언가를 만날 수 있다.

끝까지 갈 수 있었다면 당장은 별로라고 해도 언젠가는 쓸모가 있다. 도중에 그만두면 그 후에도 줄곧 신경이 쓰여서 '별로'인 감각이 계속 몸에 남아 있거나 반대로 완전히 없었던 일이 돼서 몸에서도 사라져 버린다. 끝까지 해내는 편이 시간이 지났을 때 삶을 더 흥미롭게 만드니 좋다.

무엇보다도 '나는 최고야! 천재!'라고 여기는 게 중요하다. 더 자세히 말하면, 평소에는 드러나지 않다가 때를 만나면 튀어나오는 자신의 재능을 장하다고 믿고 기대는 게 좋다. 아무리 출중한 재능을 지닌 사람이라도 그 재능을 언제라도 꺼내 쓸 수 있는 게 아님을 알 것이다. 자기가 기분 좋게 해방되던 순간, 이를테면 누군가의 마음에 공감하던, 바람을 가를 듯 달려 나가던, 좋은 아이디어가 떠올랐던, 큰 목소리를 낼 수 있었던 등등. 생각지 못하게 자신의 능력을 우연히 만난 최고의 순간을 우리 모두 몇 번씩 경험해 보았으리라 믿는다.

자기 안의 천재를 밖으로 끄집어내는 것. 어떻게 하면 나라는 천재가 지닌 굉장한 무언가를 제대로 드러낼 수 있을까. 그 부분을 제대로 고민하자. 그다음에는 고민하지 않아도 괜찮다.

몸을 움직이면 그만큼 힘이 붙는다. 피아노를 자유롭게 치고 싶다면 일단 연주해 보는 수밖에 없다. 손가락 하나하나가 자유로워지고 어떤 건반을 어떻게 눌렀을 때 어떤 음이 울리는지를 알게 됐다면 그걸로 충분하다.

안 풀리는 날에는

뭘 해도 안 될 때가 꼭 있다. 지금 나도 이 에세이에 무얼 써야 좋을지 생각나지 않는다. 곡을 부탁 받았는데 써지지 않는다. 라이브 콘서트인데 집중이 안 된다. 그런 일은 늘 있다. 이래저래 마감일에 맞춰서 만족할 만한 결과를 내기는 하지만, 역시 일이 안 될 때는 죽을 맛이다. 탈출하는 확실한 방법이라도 있으면 좋으련만 감기에 걸린 것과 비슷해서 뚜렷한 처방이 어렵다.

곡이 잘 써지지 않을 때는 피아노 연주에서도 금방 티가 난다. 딱 한 음만 쳐도 듣기 싫은 소리가 난다. 유쾌하지 않은 딱딱한 소리가 나고 몸이 피곤하다. 하지만 그대로 쭉 네 시간 정도 치면 정상 궤도에 들어서는 경우도 있기 때문에 무리해서라도 계속 연주를 해 본다. 역시 허사다. 이 상태에 빠지면 일주일을 내리 쳐도 전혀 즐겁지가 않다. 그 사이 두통과 이명까지 찾아와서 귀에 들어오는 온갖 소리가 싫어져 버린다.

그럴 즈음에 새가 지저귀는 소리를 듣고는 '아아, 좋은 노래를 부르네' 하고 생각한다든지, 우연히 펜스에 부딪혀서 금속이 "구와아앙" 하고 우는 소리를 듣고 '아, 좋은 울림이다'라고 느낀다든지, 아내가 콧노래를 흥얼거리거나 피아노를 가지고 노는 소리를 들으면서 '오, 간결하고 부드러운 걸' 하고 반응하는 순간이 온다. 그럴 때면 나도 모르게 '이렇게 하면 더 멋질 텐데'라고 생각한다.

새가 노래하는 멜로디를 피아노로 옮겨서 "이다음은 이런 식이지?"라며 연주하거나, 아내의 피아노에 화음이나 전개를 덧붙여서 "이렇게, 이렇게 해 보면 봐, 마법 같지!" 하는 식이다. 글로 쓰고 보니 상대가 느끼기엔 별로인 방법 같기도 하다. 아무튼 여러 방식으로 문이 열리고 마음이 풀리면 새로운 곡이 태어나곤 한다. 역시 나는 완전히 새로운 걸 만드는 쪽보다 틈새를 발견하는 쪽에 특기가 있는 것 같다.

⬚

여하튼 안 풀릴 때는 내 안에서도 이미지가 흐늘흐늘하다. 이런저런 걸 시도하고 손을 대보기도 하는데 마지막에 가서는 하나의 이미지에 기대어 음악을 만든다. 어릴 적부터 변함없는 작업 습관이다.

어머니가 "괜찮아, 괜찮으니 편하게 해"라며 미소 짓는 이미지, 아버지가 히쭉 웃는 이미지, 산이나 바다나 하늘이 "어이, 이쪽이야! 여기까지 닿아서 울려 퍼지도록 보내 줘!"라며 맞이하는 이미지, 지구와 함께 호흡하는 이미지, 아내가 "마무리는 어떻게든 된다고요" 하고 지켜봐 주는 이미지 등이다.

그중에서도 아니라고 실컷 발버둥 치고 나서 결국 되돌아오는 이미지는 어머니에게 부드럽게 안기는 이미지다. 그러한 이미지 가운데 하나라도 등에 업고 해 나갈 각오가 생길 때 마음이 편안해지면서 음을 자유롭게 굴릴 수 있다.

어느 세계 최고의 댄서에게 인터뷰어가 물었더랬다. "아아, 제 눈앞의 이것이 세계 최고의 춤을 추는 발이군요. 만져 봐도 될까요?" 댄서는 이렇게 대답했다. "그건 그저 춤을 연습해 온 발이에요. 저는 이미지가 없으면 아무것도 출 수 없어요. 중요한 건 이미지예요."

한 사람이 가진 이미지의 성질에 좋고 나쁨의 우열은 없다고 생각한다. 어떤 사람이 '재능'이라는 말을 할 때면 나는 항상 '자신이 품은 이미지를 겉으로 드러내는 능력'을 떠올린다. '도'라는 똑같은 음을 친다고 해도 이미지에 따라 아이의 기쁨을 표현하는 것도 가능하고 우주를 흐르는 별들의 리듬을 표현할 수도 있다. 이미지만 있다면.

나는 언제나 '누군가에게 들려주고 싶어서' 피아노를 연주한다. 피아노 소리가 원체 커서 밖으로 흘러 나가기도 하지만, 지나가는 길인 신문 배달 아저씨, 둘러앉아서 수다를 떠는 아주머니들, 하굣길의 아이들, 마당 나무에 모여드는 새와 곤충, 저편에 보이는 산과 하늘, 때론 더 이상 이 세상에 없는 사람과 가늠하기 힘든 어떤 존재에게 들려주고 싶어서 피아노를 친다. 어릴 때부터 몇 번이고 그런 기분으로 연주해 왔다.

연주를 잘했거나 새로운 곡을 쓰면 "어때? 아주 좋지 않아? 함께 노래하자, 춤추자" 하고 다른 존재를 초대한다. 현실에는 없는 듯한 '불가사의한 공간'으로 들어가서 함께 연주하는 기분이란. 마치 굉장히 빠른데도 어쩐지 시간이 멈춘 듯하고, 빛과 색을 자유자재로 바꿀 수 있고, 나 자신으로부터 빠져나와서 갖가지 것들과 이어지고 자유롭게 움직이는 것만 같다.

그럴 때면 '연주를 듣는 사람도 분명 자유롭겠지', '이렇게 자유로워도 괜찮은 걸까' 하고 제멋대로 눈물에 복받친다. 글로 표현하기 어렵지만 나는 그런 공간과 시간을 한결같이 믿어 왔다. 그래서 피아노를 치고 누군가에게 들려주고 싶은 거다.

하얀 입김　　_____

작곡 : 다카기 마사카쓰
작사 : 다카기 미카오

햐- 먼 하늘은 희디희고 발자국 소리도 사라져

보세요 모든 것이 반짝반짝 눈 감으면 들리는 봄의 목소리

꿈이 문득 녹아내리고 커다란 산이 보이고 아~

단 한 번의 이 단 한 번의 생명은 풀려나서

날아갑니다 자, 날아갑니다

_____

곡을 하나 만들었습니다. 꼭 한 번 연주해 보세요.

때론 착각도 필요한 이유

아프리카 에티오피아로 영상 촬영 여행을 다녀왔다. 5월 말에 요코하마에서 열리는 '아프리카 개발 회의' 전람회장에서 영상을 발표하기로 했다. 이번에는 국제교류기금으로부터 의뢰를 받았기 때문에 어떤 여행을 해야 할지 꼼꼼하게 준비했다. 사전 준비를 하고 촬영차 해외로 떠나는 건 이번이 처음이었다.

에티오피아의 수도 아디스아바바에 도착하니 가이드가 마중 나와 있었다. 호텔에 도착하자마자 훌쩍 산책을 떠났다. 그런데 호텔 부지에서 딱 한 발자국 밖으로 벗어나자 경비원이 계속 나를 따라오며 망을 봤다. 흐음…… 언제 강도를 만날지 모르는 구역인가. 평소라면 혼자 어슬렁거렸을 텐데 치안 문제 때문에 '멋대로 외출하지 않도록' 단단히 주의를 받았다.

○

처음부터 끝까지 줄곧 가이드가 동행하며 혼자서는 닿을
수 없는 장소에 나를 데려가 주고, 마을로 들어섰을 때는
촬영하기 쉽도록 동행해 주었다. 덕분에 많은 행운이 따랐
다. 함께 여행할 수 있어 감사했다. 그런데 단 하나, 아무래
도 참을 수 없는 점이 있었다. 눈에 보이는 모든 것에 일일
이 설명이 따라왔다는 점이다. "이것은 몇 년도에 지어진
건물로 이런 일이 있었고⋯⋯", 한 번 시작되면 멈추지 않
는 설명이 연달아 날아들었다. 처음 얼마 동안은 "흠흠, 그
렇군" 하고 진지하게 들었지만 동행하던 아내가 머지않아
"으으, 입 좀 다물어 줘! 착각하게 해 달라고!"라며 내게 살
짝 귓속말을 했다. 맞다. 여행의 묘미는 '착각'이다. 착각하
고 싶어. 착각하게 해 줘!

　가령 옛날에 왕이 살던 성터에 갔다고 치자. 내가 얻
고 싶은 건 '몇 년도에 무슨 일이 있었다'라는 정보가 아니
다. '이 벽의 얼룩은 웃는 사람으로 보이네'라는 시시한 발
견 같은 거다. "성자가 악마를 퇴치하는 그림이랍니다"라
는 설명을 듣기보다 '혼쭐이 나고 있는 이 가여운 사람이야
말로 굉장한 존재였을 거야'라는 망상에 부풀고 싶다.

　기념품 가게에서 발견한 현지의 숟가락을 멋진 비녀
로 착각해서 머리에 꽂는다든지, 길거리의 사람이 무심코
흥얼거리는 노래에서 하늘이 노래하고 산이 웃는 기적을

체험하고 싶은 것이다. 착각이라도 좋으니 갓난아기가 이 세상을 완전히 새로운 감각으로 처음 느끼듯, 그 무엇도 '이건 이거'라는 등표로 묶지 않은 상태에서 세상을 느껴 보려는 것이다.

누군가로부터 일부러 받은 정보가 아닌, 자신의 몸과 마음으로 다시 한 번 세상과 만나는 경험을 원한다. 상식적으로 당연하다고 믿는 무엇과 무엇의 결합 상태를 끄르고 내 나름대로 새로이 둘 사이의 끈을 매어 보는 거다. 상식이 서로 다른 이국땅에 모처럼 발을 들여놓았으니, 많이 착각하면서 내 방식대로 새롭게 결합해 보고 싶다. 그 결합은 착각일 수 있지만, 어쩌면 직감으로 발견된 까닭에 진실의 과녁을 꿰뚫을지도 모른다.

부러 해외까지 나가지 않아도 잘 둘러보면 도처에 자기만의 이국이 펼쳐져 있다. 나에게 여행은 그렇게 낯선 바깥 세계로 나가서 다시 한 번 세상을 착각하고 새로이 써 보는 시간이다. 에티오피아에서 촬영해 온 자료로 영상 작품을 만드는 중인데, 모처럼 촬영해 왔거늘 카메라로 찍은 기록들은 저만치 제쳐 두고 우선 그림물감이나 크레파스로 도화지 가득 그림을 그린다.

기억 속에 남은, 마음으로 느낀 정경을 떠올리며 다시 착각에 빠져서 붓을 놀린다.

시공간 여행

두 달 정도 실로 오랜만에 영상을 만들고 있다. 에티오피아에서 촬영해 온 영상을 바탕에 두고 컴퓨터로 이런저런 것들을 그리는 중이다. 아무래도 영상은 음악과 달리 시간이 더 걸린다. 팔랑팔랑 종이를 넘기면서 만화를 그려 본 적이 있는 사람이라면 알 테지만 정말 수고롭다. 지금 머릿속에 그린 것의 결과물을 눈으로 보기까지 똑같은 작업을 되풀이하지 않으면 안 된다. 공을 들이지 않으면 눈 깜짝할 사이에 뒤죽박죽이 되어 버린다.

피아노의 경우 바로 연주할 수도 있고 몸도 마음껏 쓸 수 있기 때문에 영상을 만드는 것과 비교하면 건강한 편이다. 가능하기만 하다면 영상 만드는 일은 그만두고 계속 피아노만 치고 싶다. 그런데도 영상을 만드는 건 역시 배울

게 많아서다. 오 분 동안 피아노를 연주하면 오 분짜리 작품이 되지만 오 분짜리 영상을 만들려면 꼬박 3개월을 써야 한다. 오 분 볼 영상을 수개월간 마주봐야 하기 때문에 영상 작업을 하는 동안에는 슬로 모션이 걸린 듯한 감각으로 일상을 살게 된다.

한창 영상을 만드는 중에는 온갖 것들이 잘게 쪼개진 것처럼 느껴진다. 이를 테면 대기 속의 무지개가 많이 보인다든가 주변의 모든 소리가 노래처럼 들리는 식이다. 이상해 보일 수 있지만 실제로 그렇게 보이고 들리니까 어쩔 수가 없다. 욕조에 몸을 담가도 욕조 물이 무지개 색 액체로 보이고 수증기 입자 하나하나가 고유한 색을 띠고 춤추는 것처럼 보인다. 밖을 걸어 다녀도 나무들의 잎사귀 한 장한 장이 저마다 확연하게 다른 빛을 띠며 실로 즐거운 듯와글와글 떠들어 댄다. 무언가 움직이면 거기서 소리가 나고 곤충이나 새들도 그런 변화에 맞춰서 노래를 부른다. 바람이 달라지면 부르는 노래도 달라진다.

영상을 만들고 있노라면 어쩐지 특별한 시공간을 여행하는 기분이다. 영상 작업 이후에 다시 피아노를 쳐 보면 나 자신이 상당히 다른 표현을 할 수 있게끔 변해 있다. 예를 들어 하늘에 무지개가 떴다고 하자. 이전까지는 무지개가 빨, 주, 노, 초, 파, 남, 보, 하고 단번에 일곱 가지 색으로나뉘어 보였다면, 영상을 만들고 난 뒤에는 일억 천만 가지색깔 속을 느긋하게 유영하듯 빨강에서 주황 사이에서도셀 수 없이 많은 색이 보인다. 그 경험을 연주하고 싶은 심정이 일어서 피아노를 쳐 보면, 아아! 영상을 만들기 잘했다는 생각이 든다.

　반짝 떠오른 걸 휘리릭 끝내 버리는 것도 상쾌하지만 넘실넘실 시간을 들여서 하는 방식도 재미있다. 물론 적잖게 끙끙대야 하긴 하지만. 때로는 음악을 때로는 영상을 만드는 이유는 역시나 순간과 영원, 양쪽을 다 오가고 싶기 때문일지도 모른다.

귀를 기울이면

귀를 기울이면 세계는 소리로 가득하다. 지붕 위에 올라서서 귀를 기울여 본다. 가까운 데선 이웃이 말하는 소리, 아이들이 재잘거리는 소리, 달가닥달가닥 요리하는 소리, 치치치치치 새가 우는 소리, 윙윙 곤충의 날갯짓 소리, 솨 솨 바람 소리, 부우웅 자동차가 달리는 소리, 슈우욱 비행기가 하늘을 가르는 소리로 채워져 있다. 아침 점심 저녁, 때와 계절에 따라서 소리의 세계는 완전히 달라진다.

소리 세계에 귀를 기울일 수 있을 때, 새로운 곡이 갑자기 흘러나오곤 한다. 파도를 탈 때처럼 바깥 소리에 거역하지 않고 사뿐히 올라타야만 연주하기에 마땅한 소리를 알아챌 수 있다.

마을에서 산속으로 들어가면 처음에는 '조용하구나'

하고 느낀다. 하지만 귀를 기울이면 산은 인간의 마을 그 이상으로 북적거린다. 바람이 불고 나무는 바스락바스락 소리를 내며 흔들린다. 그 소리를 듣고 새들은 노래하는 음색을 바꾼다. 뒤따라 곤충들의 노래도 조금씩 변한다. 별안간 큰 소리가 나면 소리가 싹 사라지고 와삭와삭와삭 잎사귀들이 서로를 스치는 작은 소리만 남는다.

소리가 아무렇게나 넘쳐흐르는 것 같아도 그렇지 않다. 서로가 서로의 소리를 유심히 듣는다. 그러고 나서 각자의 소리를 낸다. 공간에 알맞도록 소리가 가득 차 있는 것이다. 건강한 장소는 건강한 소리로 채워져 있다. 날씨의 변화도 그들이 내는 소리의 변화를 들으면 미리 눈치챌 수 있을 것만 같다.

이를테면 음식을 먹을 때도 여러 소리가 입에서 몸 안으로 전해진다. 오늘 밥상에서 어떤 반찬을 곁들이면 좋을까 망설인다면, '아삭아삭한 소리가 부족하구나' 같이 소리로 판단해 보는 것도 재미있지 않을까 싶다. 뜻밖에 균형 잡힌 식단이 완성될지도 모른다.

어느 쪽으로 나아가야 할지 갈피를 잡지 못할 때, '좋은 소리가 들려오는 방향'으로 갈 길을 골라도 좋을 테다. '여기라면 나의 소리를 더할 수 있겠구나' 싶은 방향으로 나아가고, 마침내 나를 채우는 소리와 내가 채우는 소리가 적절하게 조화된다면, 그곳이 나에게 더없이 좋은 삶의 터전일 것이다.

산골 마을에
_____ 내리는 빛

_____

예전과 같은 편의를 누리려면 차로 삼십 분은 달려 나가
야 한다. 그러나 살아 보니 그런 건 별것 아니었다. 옛
모습 그대로인 산골 마을에 내려오는 햇빛을 음미하고,
볕과 함께 움직일 수 있는 지금, 나는 즐겁다. 이런 곳에
사노라면 원하는 것이 달라지고 내 손으로 해 보고 싶은
일도 많아진다. 무엇보다 진정으로 보고 싶고, 듣고
싶고, 닿고 싶고, 알고 싶은 것들이 주위에 널려 있다.

오솔길

이사를 했다. 산으로 둘러싸인 골짜기 속 작은 마을. 그 속에서도 가장 후미지고 오래된, 산과 아예 한 몸인 듯한 집으로.

이사는 몹시 고됐다. 올여름 맡은 일거리가 많아서 일정에 지장이 없도록 미리 청소를 하러 갔다. 스튜디오로 쓸 방은 생활하는 방과는 따로 떨어져 있다. 예전에 누에를 치던 방이라는데 상상 이상으로 더럽다. 대체 어디까지가 묵은 때고 어디까지가 건축 자재인지. 닦으면 닦을수록 걸레는 진흙 덩어리로 변해 가고…… 겨우 말끔해진 마루에 후딱후딱 왁스 칠을 했다.

좋다. 만반의 준비를 마쳤다. 이삿짐센터가 원래 살던 집으로 와서 짐을 뺐다. 초등학생 때부터 내내 살아온 그 집은 이제 텅 비었다. 뭐라 말할 수 없이 고맙다, 고마워. 벌써 초저녁이 됐지만 그 길로 곧장 새집으로 갔다. 새집에서 자고 일어나 새날을 맞이하며 짐이 도착하기를 기다려야지. 콩닥콩닥.

그런데 뭔가 꺼림칙한 예감이. 산에 가까워지자 안개가 점점 짙어진다. 몇 미터 앞도 보이지가 않는다. 습도가 100퍼센트 아닐까? 주뼛주뼛 문을 여는데, 뭐지……? 마루 전체가 호수가 되어 있다. 분명 왁스는 열두 시간 만에 마른다고 쓰여 있었는데. 벌써 이틀은 지났다고!

마루 위를 걸으니 끈적끈적한 기름이 질척질척 들러붙는다. 이대로라면 집으로 들어가기는커녕 아침에 도착하는 짐을 들여놓지도 못할 것이다. 황급히 왁스를 벗겨 내기로 작전을 바꿨다. 걸레에 물을 살짝 묻혀서 닦아 본다. 조금 낫긴 하지만, 절레절레, 이건 아니다. 50조*는 되는 이 넓은 공간을 아침까지 닦아낼 수 있을 것 같지가 않다. 밤새 닦고 또 닦고.

이삿짐을 싸느라 이미 녹초가 된 마당에 이 이상 일하는 건 무리다. 한계에 다다른 우리는 우선 눈을 좀 붙이기로 했다. 엇 그런데…… 우리 집 고양이 첼로가 안 보이네? 고양이가 도망쳤다! 한밤중인 데다가 낯선 환경에 주변은 온통 산인데! 아침이 되면 이삿짐센터 직원들이 우르르 들이닥칠 테고 첼로는 그것만으로도 패닉이 될 거다. 어떻게든 아침까지 찾아내지 않으면 안 된다. 손전등을 들고 집 주위를 뱅뱅 돌고 산과 마을을 다 돌아봤다. 우르르르 콩! 쏴아~. 소나기가 내린다. 도저히 무리다. 어디 있는지 당최 모르겠다.

기진맥진해서 집으로 돌아왔는데 분명히 아까 닦은 왁스가 다시 떠올라 있다. 닦아야지⋯⋯ 닦을 테다!! 하늘이 희번하게 밝아 올 때쯤 다시 한 번 산을 빙 둘러본다. 냐오옹. 고양이 울음소리 흉내가 꽤 그럴듯해졌다. 체취를 묻혀 놓으면 더듬더듬 찾아서 되돌아올지도 모른다. 이곳저곳에 손자국을 남기고 울음소리를 내면서 걸었다. 산기슭에 마을 조상님의 무덤이 보이기에 두 손을 모아서 합장했다. "첼로가 집에 돌아오지 못하더라도 어떻게든 살아남아 주기를 비나이다."

☼

팔팔한 이삿짐센터 직원들이 우르르 몰려왔다. 질척질척한 마루 위로 하나둘 짐을 옮긴다. 에라 모르겠다, 마음을 비웠다. "앗, 따가워!" 이삿짐을 나르던 형님이 펄쩍펄쩍 뛰어다닌다. 집 주위에 수많은 벌들이 날더라니, 현관 바로 옆에 커다란 장수말벌 집이 있었다. 두 명이 벌에 쏘여서 서둘러 마을 보건소로 가야 했다. 이삿짐센터 대장님 이르시되, "오늘은 무리라서 짐을 도로 가져가겠습니다. 오봉お盆**이라 바쁘니 열흘 뒤쯤 다시 뵙기로 하죠." "안 돼요! 일은커녕 일상생활도 못 한다고요!"

닥치는 대로 다른 이사 도우미를 찾아봤지만, 한밤중

에나 가능하다는 답만 돌아왔다. 이렇게 된 이상 마을 사람들에게 도움을 청할 수밖에. 다들 생각해 보겠다고 대답해 주었지만 아무래도 무리일 듯하다. "짐을 차고에 어떻게든 욱여넣어 두시겠어요? 나중에 제가 집으로 나를게요."

어쩌면 좋을까. 여러 가지가 와르르 무너지고 있다. 그때 늠름한 아저씨 두 명이 들이닥쳤다. "우리는 숯쟁이입니다." 치익, 쿵쿵, 치익치익치이익! 그들은 눈 깜짝할 새 벌집을 떼고는 이름도 일러 주지 않고 휙 돌아갔다. 미니 트럭의 뒷모습이 눈부셨다.

겨우 이사를 마치고 한숨 돌리는데, 멀리서 누군가가 손을 흔든다. "여기 마을 사람인데 오늘 장 보러 갈 시간도 없었지요?" 한가득 채소를 품에 안겨 주고 간다. 가슴 찡할 틈도 주지 않고 그 역시 바람처럼 휙 사라지고, 이번에도 멀어져 가는 미니 트럭을 대신 배웅했다. 오늘은 땅과 마을과 사람들을 한꺼번에 만나서 포화 상태가 된 기분이다. 축 늘어진 몸으로 다시 한 번 첼로를 찾으러 산을 빙 둘러보지만 기미조차 없다. 불이 환하게 켜진 집으로 돌아왔는데 어쩜, 첼로가 집 앞에 멀뚱멀뚱 앉아 있다. 그날 밤 건네받은 쓰디쓴 여주가 그렇게 맛있을 수 없었다.

*   일본식 방에 깔린 다다미를 세는 단위. 1조란 다다미 한 장을 말하며 약 180 x 90센티미터 크기다.

** 음력 7월 15일(백중날) 전후로 맞는 큰 명절. 일본 사람들은 보통 오봉 연휴에 귀성해서 가족들과 성묘를 한다.

잠든 피아노를 깨우며

모처럼 산으로 이사했건만 할 일이 많아 생활에는 큰 변화가 없었다. 문득 정신을 차려보니 가을이 와 있었다. 마당의 나무들과 먼 산은 깊숙한 데까지 물들었고 밤에는 사슴 울음소리가 높직이 메아리친다. 아침에 일어났는데 노랗게 물든 볕 속에 수많은 솜털이 날린다. 씨앗의 계절이다. 바람을 품고, 바람을 타고, 높이높이 올라간다.

◌

어제는 폐교가 된 아와지 섬淡路島의 한 초등학교에서 열리는 축제에 참가했다. 라이브 공연 시간은 밤이라 낮에는 어슬렁어슬렁 주변을 돌아다녔다. 그러자 "다카기 님!" 하고 누가 불렀다. 뒤돌아보니 가메오카에 살 때 곧잘 놀러가던 '숲 유치원'의 아이들이 씨익 웃고 있었다.

왔구나! 다들 잠깐 안 본 사이 더 컸네! 아이들은 전보다 더 길어진 팔다리로 거침없이 뛰어다녔다. 한 아이의 어머니는 말했다. "특히 여름에는 무럭무럭 자란다니깐요. 식물이랑 똑같아요." 그렇구나. 점심을 먹으러 갔는데 이번에는 오키나와에서 온 초등학생과 중학생 자매가 말한다. "아이는 내버려 둬도 잘 자라니까요! 와하하하." 자기들 입으로 그렇게 말하다니 웃기긴 하다만. 음, 그렇다. 확실히 그렇다.

○

9월 중순 즈음, 작업 중에 짬을 내서 마당 한구석에 무 씨앗을 뿌렸다. 그러고서는 도쿄東京와 나가노長野로 출장을 다녀왔다. 마당을 얼핏 보니 작디작은 떡잎 두 장이 얼굴을 내밀었다. 씨를 뿌리고는 지금껏 물이며 그 무엇도 주지 못했는데, 무가 혼자 쑥쑥 자란 것이다.

가뭄이 이어지는 가운데서도 점점 더 커지는 무를 보며 '씨앗'에 잠재된 불가사의한 힘을 절실히 깨달았다. 그리고 절묘한 균형으로 이루어진 자연에 대해 조금이나마 알게 됐다. 이사 오기 전에는 물을 과하게 주거나 혹은 오랫동안 주지 않아서 식물을 곧잘 말려 죽였다.

금세 저녁이 찾아왔고 마침내 공연 시간이 됐다. 체육관에 오래 잠들어 있던 피아노를 깨우는 건 힘든 일이었다. 공연을 하는 내내 잠든 피아노를 깨울 방법을 찾으려고 애썼지만, 이 고집불통 피아노는 어지간히 완고해서 내 뜻대로 움직여 주지 않았다.

'오늘은 글렀구나' 생각하는 순간, 어디선가 "앙코르!"라고 외치는 소리가 들렸다. 마지막 도전이라 여기며 연주를 시작했다. 흔들흔들 땅이 흔들린다! 우다다다 미친 듯한 열기가 피아노를 엄습한다. 그때까지 조용히 앉아 듣던 사람들이 일제히 소리를 지르더니 춤을 추기 시작했다! 대체 어찌 된 영문인지도 모른 채 연주를 계속했다. 피아노 너머 광경은…… 다들 미친 것 같았다. 상기된 얼굴들! 벌린 입들! 움트자 움터. 안에 있는 씨앗이여! 흔들흔들, 우다다다다…….

다시 떠올리기만 해도 소름이 돋는다. 모두 대단해. 그런 걸 숨기고 있었다니. 무슨 일이 일어난 건지 알 수가 없어서 무척 놀랐다. 처음 겪는 일이었다.

사람 안에 있는 힘. 씨앗 같은 것. 혼이라 불리는 것. 어떤 일을 계기로 그 힘이 외부로 터져 나오는지 지금도 알 수 없지만, 그런 일은 종종 일어난다. 단순히 무엇 더하기 무엇으로 일어나는 게 아니라, 마치 자연 현상처럼 절묘한 균형이 맞춰질 때 찾아오는 것이리라. 저마다 살아가는 나날속에서 씨앗은 이미 움트고 있으리라.

불을 지피다

색과 맛의 결실인 가을이 지나간다. 어지러이 날아다니는 낙엽들이 시야를 가득 메운다. 여기에 있으면 바람이 지나는 길이 보인다. 굉장히 빠른 속도로 늘 예상을 뛰어넘는 근사한 곡선을 그리며 건너간다. 바람 중에는 집의 갈라진 틈을 노리고 안으로 스미는 까다로운 녀석도 있어서 집 바깥이 안보다 더 따뜻하다.

깨어나면 밖으로 나가서 모닥불을 피운다. 나무에 불을 지피면 나무가 품은 물이 점점 증발한다. 하긴 하늘에 떠 있는 구름도 물이다. 날씨 변화라는 것도 사실 주기적으로 뜨고 지는 태양보다 물의 움직임에 달려 있다. 뭉치면 흐린 날이 되고, 흩어지고 떨어지면 비와 눈이 내리는 날이 된다. 생물의 몸속 대부분도 물이라고 하니 지구는 정말로 물에 좌지우지 되는 물의 행성인가 보다.

아침에 일어나면 마을의 목수가 온다. 문제가 생긴 부분을 얘기하면 놀랄 만큼 순식간에 고쳐 준다. 낡은 집이라 여기저기 기울었다. 벽이 벌어져서 생긴 빈자리 하나를 메울 때는 나무를 반듯하게 자르면 들어가지 않는다. 절묘하게 더하거나 깎아서 모양새를 틈에 맞춘다. 목수는 그런 걸 굉장히 잘한다. 때로는 맞춰서 똑바로 해 넣은 데가 종종 기울어 버리기도 한다. 그것도 멋이다. 자연이다.

전날 밤 옆에 사는 대장 목수 집에서 흰떡을 쳤다. 찹쌀을 찧어서 만든 새하얀 떡이다. 짚을 꼬아 양손으로 감싸 쥐듯 떡을 싸맨다. 꼭 새하얀 혼령을 자궁으로 되돌려 보내는 것만 같다. 마무리는 남천 잎으로 장식하기. 모든 작업을 손으로 수행한다.

칠흑같이 어둡고 꽁꽁 얼어붙은 새벽 다섯 시. 남자들끼리 산을 헤치고 들어가서 한자리에 모인다. 불을 에워싸고 가져 간 하얀 떡을 불 속에 집어넣어 바짝 구워 먹는다. 불을 지피기 전에 주위의 나무를 베어 산불을 예방한다. 그곳에 서서 하늘을 올려다보면 구멍이 뻥 뚫려 있다. 어머니 뱃속에서 보는 세계 같다. 내 혼령을 먹는 걸까, 산신령을 먹는 걸까. 새하얀 힘이 온몸을 타고 번진다.

일단 해 보는 마음

"지금 나랑은 상관없지 않나. 이른 것 같은데." "관심은 있는데, 분명히 좋을 것 같기는 한데……." 왠지 거리를 두고 싶은 일이 있다. 내가 아직 그런 멋진 자리에 어울리는 사람은 아닌 것 같아서. 좀 더 제대로 준비해서 차분하게 발을 들여놓고 싶어서.

요전에 마을 분이 함께 논일을 해 보지 않겠냐고 물었다. 그것도 농약을 쓰지 않고 말이다. 오오, 해 보고 싶다! 해 보고 싶은데…… 아직 우리 밭에도 손을 대지 못했고, 집 정리조차 안 끝난 상황이다. 게다가 제대로 해낼 수 있을까? 음악과 영상 작업이 바빠져서 논일이 어수선해지지는 않을까? 이렇게 생각하기 시작하자 귀찮아진 나머지 "우선 자리 잡을 때까지는……"이라고 말해 버리고 싶은 걸

꾹 참고 '일단' 해 보겠다고 답했다. 해 보고 싶다.

◌

해 보고 싶은 일은 많은데, 한다면 제대로 하고 싶다. 제대로 공부해서, 제대로 준비해서, 제대로 틀리지 않게. 그런데 '제대로'만 앞세우다 보면 역시 나아가질 못한다. 어째서인지 재미가 없어진다.

　　요 몇 년 사이 특히 동일본대지진 이후로, 나는 일단 해 보는 걸 소중하게 여기게 됐다. 자신이 그 일을 할 수 있을지 없을지는 모른다. 좋을지 어떨지도 시도하기 전에는 모른다. 그래서 '일단' 해 보는 거다. 누구에게든 뭐가 됐든 시작이 존재하고, 다소 틀리더라도 길을 만들어 나간다는 것. 그거면 충분하다.

◌

근래 만나는 사람들은 무척 빛난다. 자연을 상대하며 이런저런 생각을 짜내서 기술을 몸에 익히고 급기야는 자급자족 생활을 영위하는 사람도 있다. 그런 사람들의 생활은 사물의 근본을 알기에 무척 단순하다. 그들은 세탁과 목욕과 설거지에 모두 사용할 수 있는 하나의 세제를 고안해 쓴다. 역시 사물의 근본을 아는 게 더 흥미롭다.

　　"어떤 원리일까?" "왜 이런 식으로 쓰는 걸까?"를 이해하면 아주 간결하게, 자기 나름대로 새로운 생각을 하며 살 수 있게 된다. 이를 테면 음식에 빠질 수 없는 소금이 그렇다. 소금은 몸을 덥힌다. 설탕은 몸을 식힌다. 이 단순한 사실을 아는 것만으로도 꽤 많은 것들이 보인다. 반대로 모르면 여러모로 번거롭다.

이 세상은 '퍼즐을 맞추거나 조합하는 게 전부'인 경우가 많다. 모든 것이 무언가와 무언가의 조합이라면 이왕 짜맞추는 거 근본까지 다다라서 맺어 주는 게 좋을 테다. 근본을 아는 사람이 짓는 밥은 맛있다. 무척 맛있다.

겨울, 사무치는 겨울

잎사귀를 모조리 떨군 느티나무에 덩이덩이 하얀 꽃이 피었다. 어디를 보나 새하얀 꽃이 만발했다.

올해는 많은 눈이 쌓이고 덧쌓였다. 매일 아침 제설 작업을 하지 않으면 어디로도 갈 수가 없다. 우리가 눈을 치우기 전에 집배원이 들르기라도 하면 어쩌나. 길바닥이 반들반들 꽁꽁 얼어붙은 탓에 조금 전까지는 쑥쑥 들어가던 삽도, 이제는 말 그대로 머리로 바위를 받는 꼴이 되어 버렸다. 언덕 아래 가장 가까운 옆집까지는 비탈길로 200미터 거리나 된다. 눈을 치운 자리에 거듭 내려 쌓이는 눈. 결국 포기하고 집으로 돌아왔다. 우르르, 우르르르릉! 눈사태가 덮쳤다.

눈 벽으로 둘러쳐진 집. 소리 하나 들리지 않는 고요함

속에 우리는 갇혔다. 하루가 멀다고 망치질을 하던 목수들도 발길을 끊고, 결국 깊은 산속에 오도카니 남겨졌다. 계속 이래서는 안 되지, 가까스로 눈을 헤치고 마을로 내려가 봤지만 지나가는 사람 하나 눈에 띄지 않는다. 아아, 몹시 쓸쓸하다. 돌아오는 길 위에 또다시 눈이 수북이 쌓여 있다. 겨울의 고독이란 이런 건가. 쓸쓸함이 몸속으로 스며든다.

◌

"이번에 나, 이사하기로 했구먼." 마을 사람 한 명이 따뜻한 먼 고장으로 떠나간다. 그분의 친한 친구인 할머니는 그 말을 듣자마자 어안이 벙벙해서 멀뚱히 섰다. "외톨이가 됐어……." 그렇다. 마을은 산속 가장 깊은 데 있다. 장을 볼 수 있는 읍내까지 차로 삼십 분, 버스도 좀처럼 오지 않는다. 읍내까지 자주 차를 빌려 타던 할머니의 생활은 이제 순식간에 변해 버릴 것이다. "읍내에 일이 있으면 우리 차로 가요." "괜찮대도. 너희는 바쁘잖아……."

마을 회관에서 송별회가 열렸다. 떠나기 전 작별 인사를 권하자 할머니가 울음을 터뜨렸다. "지금까지 참말로, 참말이지 신세만 지고…….고마워유. 또 놀러 올게유."

◌

사무치는 겨울. 기분이 자꾸 안으로 움츠러든다. 작업실로 쓰던 별채를 고치려 들기는 했던가? 순조롭게 진행되던 공사도 눈 때문인지 언젠가부터 멈췄다. 안채에는 아내와 나 단둘뿐. 외풍을 견디며 바짝 움츠러들어서 처음으로 싸우기도 했다. 각자 망상을 부풀릴 대로 부풀려서 그걸 상대에게 강요하고, 그런 망상에 따르지 않는 상대를 보며 스스로 기분을 상하게 한 것이다.

눈이 쌓이고 쌓여서 무게를 견디지 못한 나뭇가지가 뚝, 뚝, 애처롭게 꺾이고 부러진다. 여기저기 전부 썩어 든다. 땔나무를 가지러 갔더니 노린재가 추위를 견디려고 나무에 찰싹 달라붙어 있다.

남편을 먼저 떠나보낸 할머니가 말한다. "올해는, 겨울이 더……."

겨울. 동冬. 사무치는 겨울. 겨울이 되라. 더, 더 겨울이 되라. 여기까지 온 거, 사무치도록 추운 겨울이 되라.

가만히 들여다보니 여름에 벤 나무의 굵은 가지에서 드문드문 새싹이 났다. 모닥불을 피우고 남은 재 아래에서도 웬일인지 사랑스러운 싹이 돋아났다. 으득으득으득, 매일 아침마다 침실 방충망으로 뛰어올라서 나를 깨우는 검은 고양이. 탕탕, 탕탕, 목수가 콧노래를 섞어 힘차게 망치질한다. 달그락달그락, 부엌에서 분주한 소리가 들려오고 곧 김이 모락모락 피어오르는 밥을 먹는다.

사슴이 넘어뜨린 밭 울타리를 세우고 허리를 펴는데 할머니가 지나간다. "같이 장 보러 갈까요?" 하고 권하자 할머니는 "이런 진창길을? 난 못 가!"라며 웃어 젖힌다. 멈춘 것만 같았던 세계가 다시 가만가만 움직인다.

눈이 녹는다. 지붕도 거리도 잎사귀도 당신의 살결도 반들반들 예쁘다. 필요 없는 가지는 떨어지고 지면에는 사르르 빛이 내려와 오래전부터 기다려온 씨앗이 꿈틀꿈틀 올라올 것이다. 봄아 어서 와. 개어라 활짝. 부풀고 움틀 거야. 우리 안의 싹이.

실패는 없으니까

지금까지 나는 도대체 무얼 보고 살았던 걸까. 계절이 이정도로 세세하게 움직이는 줄 몰랐다. 1년이 사계절이라는 건 너무나 대충 나눈 게 틀림없다. 24절기나 72후* 등의 분류법이 존재하는 것처럼 하루하루가 진심으로 촘촘하게 변화한다.

　마를 대로 말라서 생기가 없던 잎눈이 어느 날 갑자기 최후의 불꽃이라도 피우려는 양 황금색으로 확 빛나기 시작한다. 잎사귀를 모조리 떨구고 쓸쓸한 느낌이 묻어나던 벚나무 가지가 점점 불긋불긋해지더니 어느덧 분홍색 가지투성이다. 산 위에서 흘러내리는 물빛은 창창하게 바뀌고 흙이 따끈따끈해지기 시작하고 바람 소리와 새소리가 포개지고, 정신이 어질어질할 만큼 작디작은 변화가 산더

미처럼 쌓여 가는 사이, "아아, 확실히 봄이구나" 확신하게 된다. 그러면서 지금까지 조금도 보지 못하던 걸 깨닫는다.

○

흔히 도시는 정보량이 많다고들 하지만 어떤 면에서는 적은 것 같다. 물건 수는 많은데 정보의 폭이 좁다고 해야 할까, 한정된 방향으로 쏠린 것들뿐임을 새삼 느낀다. 반대로 산속은 조금만 걸어도 수평과 수직에서 철철 넘칠 정도로 무수한 생명을 만날 수 있고, 그리하여 매일매일, 두 번 다시 오지 않을 순간이 애틋하고 분주해진다.

"당신의 이 시기 작품은 좋았지만 그 이후 작품은 별로예요." 수년에 한 번쯤 누군가로부터 그런 내용이 담긴 메일을 받는다. 나도 다른 사람의 작품에 대해 비슷한 생각을 한 적이 있어서 그 기분이 뭔지는 알지만, 나이가 들고 여러 사람과 만나면서 더는 그런 생각을 하지 않게 되었다.

모두는 그만의 고유한 시간 속에서 흘러가기에 사람은 세세하고 끊임없이 변하기 마련이다. 어떤 지점이 결승점이라는 것 따위는 없다. 언제나 통과 지점만, 알아차림의 연속만 있을 뿐이다. 그 안에서 매 순간 최선을 다하는 걸 목표로 삼아 우리는 울고 웃는다. 그러는 중에 단 한 순간이라도 나 아닌 누군가와 섞일 수 있다는 건…… 이미 기적이고 그걸로 충분하다고 순순히 여기게 됐다.

살면서 '알 수 없는' 것이 생겼을 때 간단히 부정해 버리지 않고, '지금은 모르겠다'고 일단 옆으로 제쳐 두는 편이다. 지금 최고였던 게 어느 날 한물간 걸로 변하거나 알 수 없던 것도 '이런 거였나!' 하는 깨달음으로 변하기도 하니까 말이다.

변해 간다고는 하나 태어난 이래 변함없이 추구해 온 무언가가 분명히 있다. '이거다. 내가 살아 있다는 건!' 하고 영혼이 떨리는 무언가가 어딘지 모르지만 몸속에 이미 자리 잡혀 있는 듯도 하다.

'봄이 왔네, 기뻐라. 마을 사람도 산도 웃고, 행복하구나' 라며 피아노를 쳐 보고 싶은 기분에 휩싸이거나, 피아노 소리의 파동과 산의 정기가 뒤섞이고 영혼이 떨려 오면서 '이거! 이거야!' 하고 생각하는 식이다. 요컨대 떨리는 영혼 자체는 같아 보이는데 떨리게 만드는 조건이 매번 다르다. 그러므로 '이렇게 해야만 한다'는 방정식 따위 없이, 몇 번이고 다시 피아노를 치고 싶은 것이다.

마을 사람이 이따금 내뱉는 예스러운 말투, 할머니가 들려주는 어린 시절의 이야기, 옛 노래의 선율과 금년의 봄바람은 처음 만나는 건데도 전부터 잘 알던 느낌이 든다. 그게 역시나 기쁘다. 자꾸 그런 방향으로 흥미가 돋고 인생이 나아간다. 산골 마을로 이사 와서 영혼을 바르르 진동시키는 것들을 가까이 두게 된 것만 같아 두근두근하다. 마음도 다시금 분주해졌다.

○

내가 더 분주해진 이유는 마을로 이사 온 뒤, 작업을 하면서도 짬짬이 집과 밭을 손질하고 있기 때문이다. 해가 뜬 동안에는 작업을 하고 밤에는 책이나 인터넷으로 조사를 한다. 모르는 것 투성이라 일단은 정보를 수집한다. 이를 테면 오래된 민가 벽에는 어떤 재료로 덧칠하는 게 좋은가? 어떤 순서를 따라야 하는가? 파면 팔수록 계속 나온다. 저쪽이 좋아, 이쪽이 좋아, 이래서 별로고 저래서 별로야……. 그러다 보면 아무것도 진척되지 않는다. 다수의 의견을 들어 보고 따르려고 해도 해답은 없고 그저 시간만 흘러간다.

무얼 하든 결국은 '선택'해야만 한다. 그래서 요즘에는 우선 해 보기로 마음먹었다. 해 보고 틀리면 다른 방법을 시도하면 그만이니까. 나이를 먹어 좋은 건 '완성 따위는 없다'는 사실을 눈치챘다는 거다. 실패는 없다. 지금 이 순간을 연주할 수 있다면 그것으로 충분하다.

* 음력에서 자연 현상에 따라 닷새를 한 후候로 하여 1년의 기후를 일흔둘로 나눈 구분법.

조율하는 힘

섭씨 100도의 끓는 물과 0도의 차가운 물, 상반되는 것들이 만나면 무슨 일이 벌어질까? 뒤섞이지 않고 '앗 뜨거워!'와 '앗 차가워!'를 오락가락해도 될 법한데 끓는 물과 차가운 물은 차츰 서로의 중간점인 미지근한 물로 안정화된다고 한다. 이때 가능한 효율적으로 균형 잡힌 세계에 도달하는 과정에서 대류 현상이 일어난다.

　　오래된 민가는 춥다. 특히 우리 집은 천장을 한 겹 뜯어내어 더 춥다. 추워서 난로에 불을 지피면 집 밖에서는 외풍이, 지붕 아래서는 한기가 획 불어닥친다. 난로 주위는 훈훈하지만 따뜻한 공기는 금세 위로 달아나고 대신 위에서 차가운 공기가 내려온다. 공기가 수차례 빙빙 돌고 나서야 방 안의 온도가 점차 온화하게 안정되어 간다.

산으로 이사한 뒤 많은 게 변했다. 이를 테면 먹는 것에 더 신경을 쓰고 싶어졌다. 이제 막 밭을 가꾸기 시작해서 아는 건 거의 없지만 농약과 비료를 쓰지 않고 채소를 길러 보고 싶었다. 그렇게 기른 것을 입에 넣어 내 몸이 되게 하고 싶었다. 산과 함께 생활하면서 그런 마음이 들었다.

밭을 가꾸는 마을 사람에게 묻자 "벌레 먹으니까 농약을 조금은 쳐야 돼. 비료까지 안 쓰면 잘 안 자랄 걸" 하는 대답이 돌아왔다. 그런데 책을 읽다가 '비료를 주기 때문에 벌레가 먹으러 온다'라는 구절을 발견하기도 했다. 아무래도 비료에 포함된 질소 같은 영양분이야말로 벌레들의 표적이 되는 모양이다. 미생물과 곤충과 동식물이 시간을 들여 조성한 환경에 비료를 갑자기 듬뿍 얹어 주는 건 확실히 흠칫할 만한 일이다. 처음 적은 물 이야기에 비유하자면, 0도의 환경에 100도의 뜨거운 물을 갑자기 퍼붓는 것과 같을지도 모른다. 자연은 황급히 균형을 되찾고자 할 테고, 벌레들은 비료, 그러니까 비료로 기른 채소를 순식간에 먹어 치울 것이다.

채소가 맛있어서 벌레가 꾀는 게 아니다. 대자연의 균형을 지키기 위하여 벌레들이 활동하는 것뿐이다. 자연에게 비료 과잉은 독과 같은 지도 모른다. 〈바람계곡의 나우시카〉風の谷のナウシカ에서 인간은 거대 벌레들이 활동하는 부패한 지역을 기피하지만, 사실 벌레들은 인간이 오염시킨 대지와 물을 자기들 방식으로 정화하여 정온한 세계를

키우는 존재였다. 세상을 잘 들여다보면 도처에서 그러한 힘이 움직이는 걸 알 수 있다.

○

귀를 기울이고 주의 깊게 몸으로 들어 본다. 최근 나는 피아노 조율법을 배웠다. 먼저 '도'를 울려 본다. 선입견을 버리고 단순히 소리의 울림에 귀를 기울인다. '도우오오오오~' 음의 진동 즉, 음파를 감지할 수 있다. 그다음 '솔'을 울린다. 먼저보다 빠른 음파로 '쓰오오오~' 한다. 이번에는 '도'와 '솔'을 동시에 울려 본다. '도우오오~~~ 구와~앙, 구와~앙, 구와~앙' 하고 음파가 출렁이면서 퍼져 나간다.

여기서도 처음의 물 이야기와 같은 현상이 일어나는 듯 보인다. 두 개의 음은 본디 다른 음파를 갖지만 두 음을 동시에 울리면 천천히 뒤섞이면서 온화한 음파로 안정되어 간다. 마치 노란색과 파란색을 섞으면 초록색이 만들어지듯이, '도'도 '솔'도 아닌 새로운 음파가 생겨난다. 시험 삼아 '도'와 '파'를 같이 울려 보면 아까보다 빠르게 '도아아~ 구왕, 구왕, 구왕' 하고 음파가 원을 그린다. 한걸음 더 나아가서 '도'와 '파'와 '솔'을 동시에 울려 보니, '도우이옹~ 구로로오옹, 구로우잉, 우잉, 루루루' 하는 음파가 나선을 그리며 위로 올라간다.

여러 음이 만날 때 '무엇이 새로 태어나는지'에 주의를 기울이자 소리와 음을 즐기는 방법이 단숨에 늘어났다. 이런 식으로 소리를 궁리해 보는 일은 토양과 미생물과 곤충과 채소의 관계를 찬찬히 살피는 일과 다르지 않다.

다음으로는 집 주위를 에워싼 소리를 들어 보았다. 새, 곤충, 바람, 화초, 나무…… 온화하고 근사하다. 다만 개울 소리가 마음에 걸린다. 실은 작년 여름부터 줄곧 마음에 걸렸다. 아무도 신경 쓰지 않는 미미한 소리였지만, 어디선지 '고우오오' 하고 저음이 울린다. 조금 두렵다. 무언가가 주위와 조화를 이루지 못한 채 머물러 있는 듯하다.

소리가 나는 곳을 찾아보자 역시 문제가 있었다. 작은 소용돌이가 개울 바닥에 구멍을 냈고 그 안으로 물이 빨려 들어가고 있었다. 큰 돌로 막고 그 위에 자갈을 쌓았다. 그러자 '찰싹찰싹, 콸콸콸' 하는 시원한 고음으로 변했다. 내 손으로 소리 환경을 바꾸다니 유쾌한 일이다. 틀림없이 지금부터 주변의 소리들도 따라서 변해 갈 것이다. 창문을 열고 피아노를 치자 새가 흉내 내듯이 답가를 부른다.

◌

무언가와 무언가가 맞닥뜨려 강렬하고 급격한 변화가 일어나면 되도록 빨리 조화롭고 정온한 상태를 만들려는 힘이 작동하는 모양이다. 그래서 때로는 벌레나 외풍처럼 달갑지 않은 것들을 불러들이기도 하겠지만, 인간 중심에서 벗어나 큰 시야로 바라보면 무척 감사하고 따뜻하고 너그러운 힘이라는 생각이 든다.

세계를 있는 그대로 찬찬히 관찰하고 과하지 않게 시험해 보고 배우고 지켜보자. 균형을 무너뜨리지 않도록 신중히. 그리고 정중하게. 그랬다면 이제 힘껏 움직여 보자. 모든 걸 쏟아부어서 하고 싶은 만큼 해 보자. 거드름 피우지 말고 이왕이면 상대방이나 무언가가 기뻐하는 쪽으로 흘러 갈 수 있도록. 여러 힘들이 움직이고, 다정함이 피어나고, 새로운 관계와 새로운 힘이 쑥쑥 싹트는 쪽으로.

이미 전부 여기에

포근한 날이 이어졌다. 비가 올 때마다 생명이 한껏 부풀어오른다.

장딴지까지도 미치지 않던 풀꽃이 눈 깜짝할 새 허리 근처까지 자라나서 제 무게를 견디지 못하고 머리를 숙였다. 봄에 조그맣게 싹이 텄을 때는 발 딛는 것도 주저했거늘, 이대로 두면 내가 초목에 파묻히고 말 테니 풀을 베어야 한다.

쑥, 반디나물, 부추와 꼭 닮은 달래. 낫으로 느긋하게 베어 나가면 맛있거나 약으로 쓰이는 식물과 만난다. 어떤 곤충이 어떤 식물에 잘 머무는지, 어떤 식물의 곁에서 어떤 식물이 자라는지 알게 되고, 이 식물이 여기 잘 자라니까 비슷한 채소의 씨앗을 주변에 뿌리면 자라 줄지도 모른다고 추측해 본다.

벤 풀은 그대로 밭이랑에 쌓아 둔다. 조금 전까지만 해도 흐드러지게 피어 있던 풀꽃이 시들고 생명을 다한 뒤 이번에는 다른 식물을 길러 낸다. 밭 주변의 풀을 베노라면 기묘한 기분이 든다. 벤 식물의 양, 딱 그만큼이 밭에 필요했다. 많지도 적지도 않다. 밭 전체에 아름다운 죽음이 널려 있다. 이 이상 많았다면 처리할 장소가 없어 곤란했을 테고, 적었다면 어딘가 다른 곳에서 더 베어 와야 했을 것이다. 딱 알맞은 양의 풀이 이미 전부 준비되었음을 되새기면 눈앞의 경치가 지금까지와는 전혀 다르게 와 닿는다. 생각을 품은 거대한 생명의 혼이 여기에 있다.

○

'아름답게 존재하고 싶다.' '아름다움과 함께 있고 싶다.' 산골 마을로 이사하고 나서 일었던 첫 마음이다.

오후에 종려나무 껍질을 벗겨 봤다. 적갈색, 황토색, 회색. 일렁이는 듯한 바림. 씨실과 날실로 짜인 아름다운 나무 껍질이다.

○

이 부근에는 사슴이나 멧돼지, 원숭이가 내려오곤 하는데, 자칫 방심하면 동물들이 채소를 순식간에 먹어 치운다. 밭 둘레에 울타리를 치기로 했다. 울타리 종류도 참 많다. 고기잡이 그물로 만든 울타리, 금속제 울타리, 전기가 흐르는 울타리…… 어느 것도 이거다 싶은 게 없었다. 그렇지, 마당에 잘라 놓은 마른 가지가 겹겹이 쌓여 있지. 그걸 가로세로로 엮어서 나뭇가지 울타리를 만들자. 튼튼하고 원래부터 거기 있던 것들이니까 주위의 풍경과 어울리고, 망가져도 흙으로 돌아가는 최고로 아름다운 울타리다.

　　울타리 만드는 법을 터득하자 벽 만드는 법도 깨쳤다. 벽 만드는 법을 터득하자 지붕 만드는 법을 알게 됐다. 그런 거구나. 예부터 사람은 주위에 있는 것들로 만들고 살아왔구나. 오늘은 다다미 한 장 정도의 오두막을 지어 봤다. 아직 뼈대만 세우고 완성하지 못해서 매우 가냘파 보이지만, 이미 전부 여기 있던 것으로 무언가를 시작하니 기분이 좋다. 내게 필요한 것을 만들어도 좋다고, 누군가가 허락해 준 기분이.

우박과 옥수수

가고시마鹿児島에 있는 지적 장애인 지원 센터 '쇼부 학원'에 다녀왔다. 이곳을 이용하는 분들이 만든 그림, 도자기, 의복, 음악은 마치 아이들이 만든 작품처럼 힘차고 자유롭다.

그들의 그림을 보고 있으면 화방에 늘어선 형형색색의 그림물감을 볼 때처럼 가슴이 두근거린다. 아름다운 재료가 하나하나 늘어서 있는 느낌. 여기서부터 무언가 새로운 것이 탄생할 것만 같은 느낌. 유명하거나 기성품에서는 느껴지지 않는 특별함이 있다. 이것으로 이미 훌륭하게 아름답다. 무엇으로도 변할 수 있고, 조그만 하나하나가 전부 빛난다. 완성됐으나 동시에 미완으로 남아 있고 조화로우나 동시에 이질적이다.

그 작품들이 아름다운 건 세계의 진실이 그러하기 때

문이리라. 아아, 언제까지나 생무지로 남아서 어디까지나 재료 본연의 아름다움을 간직하고 싶다.

◌

이미지로 그릴 수 있는 것은 대부분 실현된다. '이 사람과 만나고 싶은데, 언젠가는 만나겠지' 하고 상상했던 사람과는 결국 만나게 되고, '이런 생활을 하고 싶은데'라는 마음을 품고 있으면 정말 그렇게 된다. 지금 내가 산골짜기 마을에서 지낼 수 있는 것도 가까운 과거에 내가 이미지로 그렸기 때문에 이루어진 것이다. 이미지의 힘은 대체 뭘까? 상상하고, 바라고, 끌어당기고, 혹은 몸소 가까이 다가간다.

　어느 봄밤에 집을 나서는데 '앗, 오늘은 가방을 가져가는 편이 낫겠어. 안 그러면 지갑을 떨어뜨릴 것만 같아'라는 예감이 머리를 스쳤다. 눈앞에는 마침 딱 좋은 가방이 있었다. 그럼에도 불구하고 어찌된 일인지 가방을 들지 않고 주머니에 지갑을 찔러 넣은 채 외출해 버렸다. 아니나 다를까, '앗!' 하고 정신을 차렸을 때 지갑은 이미 사라져 있었다. 예감이라는 육감六感의 경고를 받았음에도 무시해 버렸기 때문에 지갑을 잃어버린 건지, 아니면 '오늘은 지갑을 잃어버린다'라고 강하게 이미지를 그려서 이루어진 건지 모르겠지만, 좋건 나쁘건 현실은 이미지를 따라서 흘러가는 걸지도 모른다.

아무도 없는 산에서 격렬한 엔진 소리 같은 게 들려온다. 곳간을 청소하다 내버려두고 어리둥절한 얼굴로 하늘을 올려다본다. 작디작은 낱알, 낱알…… 벌레? 벌레다! 벌레가 떼로 모여 있다. 한꺼번에 알을 까고 나온 건지 여하튼 떼로 날아다닌다.

이번에는 강 쪽에서 개구리가 대합창을 한다! '따뜻해져서 한꺼번에 생명들이 탄생한 걸까' 하고 태평하게 서 있는데, 냉동실의 각 얼음만큼이나 거대한 우박이 하늘에서 우수수 쏟아졌다. 조금 전까지만 해도 예쁘게 피어 있던, '어쩜 이렇게 아름다운지' 하고 감탄을 자아내던 철쭉과 수국이 오지끈똑딱, 부러져서 날아가 버렸다. 정원에서도 산속에서도 화초들이 산산조각 난 채 날아다닌다. 어찌할 수 없는 자연 현상이 계속되고 멈추질 않는다. 세상의 종말인가. 심장이 벌렁거렸다.

이십 분쯤 지나서 우박이 멈췄다. 밖으로 살그머니 나가 보니 풀 내음이 물씬 풍긴다. 산산조각 나서 날아다니던 잎과 가지, 깨진 채 흩어진 우박이 쌓여 있다. 회오리바람이 휩쓸고 지나간 자리 같았다. 서둘러서 밭으로 내려가 봤다. 거의 초토화됐다. 줄기란 줄기는 모조리 구부러지고 잎은 몽땅 구멍이 난 채. 조금 전까지도 풍성한 열매를 달고 있던 밭이 순식간에 보기만 해도 무참한 황무지가 되어 버렸다.

"올해는 관두자." 아내와 의논해서 결론지었다. 마을 사람도 이렇게 말했다. "그 지경으로 꺾였으면 다시 심어서 바로잡지 않는 한 무리일 걸." 그래도 이런 예감이 든다. 줄기만 남은 토마토도, 갈기갈기 찢기고 꺾인 감자도, 이제부터가 시작이지 않을까?

한 그루 한 그루 똑바로 세우고, 주변 흙을 다지고, 베어 온 잡초로 따뜻한 잠자리를 만들듯 밭 언저리를 덮어주었다. 물을 주면서 "어이, 지금부터가 시작이라고. 다 같이 일어나자. 다 함께" 하고 말을 건넸다. 녹초가 될 때까지 손질하고 털썩 지면에 주저앉았다. 얼핏 옥수수가 보인다. 바람도 없는데 다섯 그루 중 가장 작은 옥수수가 움직였다. 끄응 끙. 일어나려고 애쓰는 중이다.

활짝 갠 아침. 아내랑 밭을 둘러보았다. 쓰러지고 망가졌던 식물들이 하늘을 향해 쭈욱 손을 뻗고 있다. 꺾인 가지로부터 작디작은 싹이 속속 돋아난다.

내가 바라는

——————————————————————————— 대로

——————————————————————————

나를 조용하고 다정하다 여기는 사람은 그 사람도
조용하고 다정하게 다가오고, 나를 웃기고 장난기가
있다고 여기는 사람은 그 역시 장난을 걸면서 다가온다.
의심 많은 사람한테는 이쪽도 의심하며 다가가고,
성급한 사람 앞에서는 이쪽의 속도도 빨라진다. 내가
화를 내면 상대도 화를 내고 싶어지고 울고 있으면 울고
웃고 있으면 웃는다. 사람만이 아니다. 피아노도 믿어
주면 좋은 소리를 내고 이러쿵저러쿵 불평하면 낼
소리도 안 낸다. 상대에게 어떤 모습을 바란다면 먼저
자신의 몸과 마음을 그 모습으로 바꾸면 된다. 그러면
상대는 자기에게만큼은 그런 모습이 되어 준다.

손끝에 물드는 봄

분주하게, 동시에 느긋하게 1년을 보냈다. 깊은 산골에서 살아 있는 것들에 둘러싸여 잠들고 일어났다. 생명력에 압도되어 허둥지둥하면서도 그만큼 자연에 물들어 왔다. 섬세한 계절의 움직임 속에 살아 있는 것들이 보여 주는 변화무쌍한 풍경이 확실히 내 몸속으로 들어왔다.

풀베기나 새끼 꼬기 등을 한 다음 날 아침에 일어나면 손이 찌뿌드드하니 쥐었다 펴는 게 잘 안 된다. 피아노를 쳐야 하는데 이러면 곤란하다. 손을 쓰는 작업은 일단 멈추고 손가락과 손을 풀어 주는데 어딘가 모르게 팔, 어깨, 등, 몸

전체가 손처럼 앞으로 구부정하게 오그라들어 있음을 알아차렸다.

꽃봉오리같이 말린 몸을 꽃이 피어나는 순간처럼 반대로 뒤집어 보았다. 등뼈나 어깨뼈 등 신체의 큰 골격을 이루는 부분을 뒤집어서 늘렸더니 말단에 있는 손가락과 손이 저절로 풀렸다. 아아 그렇다. 역시 몸은 낱개로 이루어져 있을 리 없다. 내 몸을 품은 산과 하늘. 그것들과 이어지게 된 손가락이 처음으로 보인 반응. 마음도 똑같다. 엉기고 굳어 버렸을 때는 근본이 되는 영혼을 부드럽게 풀어 줄 필요가 있다.

간만에 산속을 벗어나서 석양으로 물드는 바다 한가운데 몸을 띄웠다. 찰랑찰랑, 수억 수천만 생명의 물결이 육십조 개의 세포 속으로 퍼져 나가고, 바다 깊은 곳에서 어렴풋이 산과 바다의 노래가 들려온다.

곡이 탄생할 때면 내 머릿속에 어떤 풍경이 펼쳐진다. 그 풍경 속에 울려도 이상하지 않은 음을 찾아 연주해 나가면 곡이 된다. 같은 식으로 흥얼거리면서 역시 그 풍경 속에 담겨도 이상하지 않은 말을 읊조리다 보면 가사 비슷한 것이 만들어진다.

어느 봄날 넘치게 많은 생명을 실어 나르는 바람을 느끼면서, 연주하며 노래를 불러 보았다. 그랬더니 이렇게 됐다. "톤테─샹 유메라카레시 톤세─샹とんていしゃん　ゆめらか

れし とんせいしゃん……"* 아마도 이 근처에 정답이 있을 텐데 아직 딱 들어맞지 않아서 "톤테-샹 유메하라라메시 손레-탄とんていしゃん　ゆめはらめし　そんれいたん" 등으로 노랫말을 살짝 바꿔 보고, 이것도 아닌데 하면서 되돌려 보고. 언젠가 풍경 속에 꼭 알맞은 모습으로 자연히 서 있는 나무가 될 수 있도록 느긋하게 나아간다.

산골 생활 2년 차에는 무얼 해 볼까 생각하다가 전에 살던 집에서 갖고 온 물건들 중 이곳과 친숙해진 것과 그렇지 않은 것이 무엇인지 나누어 보았다. 생활에 맞게 집 안 풍경이 정리될 테다. 산과 더 친숙해지는 방향으로, 손끝이 산의 정기와 이어지는 방향으로.

---

*　저자가 별 뜻 없이 입 안에서 굴려 보는 말놀이이다.

오늘의 춤

산에서 맞는 두 번째 여름. 역시나 곰팡이가 슬었다. 올해
는 더욱 비가 많이 내려 눅눅한 날이 계속됐는데 앨범 제
작 시기가 겹친 탓에 집안일에 소홀했더니 그새 곰팡이가
슬어 버렸다.

　　나무로 만든 가구, 그중에서도 새 목재로 만들었거
나 인도처럼 기후가 건조한 국가에서 건너온 가구에 곰팡
이가 잘 생겼다. 그런데 신기하게도 이 마을에 오래 놔둔
목재는 괜찮았다. 여기서 몇 년이고 쓰다 보면 나무도 환경
에 적응해서 곰팡이가 좋아하는 양분은 사라지고 언젠가
괜찮아진다는 뜻일까?

　　또 다른 예방법으로는 감물을 바르는 거지만, 그마저
도 대나무는 절대 안 된다. 갖다 둔 지 꽤 된 대나무도 아슬
아슬하다.

대바구니 같은 것은 시골 살림집에는 안성맞춤일지 몰라도 곰팡이에는 영락없이 취약하다. 당연히 가죽도 격렬하게 공격당한다. 가죽 제품을 서랍장에 넣으면 큰일 난다. 곰팡이가 슬어서 다른 옷가지에도 전부 곰팡내가 배기 때문에 가죽은 집 밖에서 마르도록 둔다. 그렇다. 집 밖에 놔두면 곰팡이가 슬지 않는다. 뭐 곰팡이가 슬어도 몇 날 며칠을 말리면 대부분은 제자리로 돌아온다. 검은곰팡이처럼 뿌리를 단단히 내린 것들은 포기할 수밖에 없긴 하지만 말이다.

의외로 륙색rucksack처럼 비닐로 된 아웃도어 용품은 한번 곰팡내가 배면 씻어 말려도 냄새가 빠지지 않는다. 그럴 때는 그냥 오래 밖에 놔두면 어느새 냄새가 사라진다.

◌

발리도 습도가 높은 곳인데, 그들의 주거지에는 벽이 거의 없다. 일본의 복도 구조처럼 기둥과 지붕과 바닥만으로 이루어진 공간이 대부분을 차지하고 있었다. 어디서부터 집이고 어디서부터 바깥인지 모호한 게 장점인지도 모른다. 바람이나 습한 공기가 정체되지 않는 건 물론 자기 공간의 끝을 정하지 않고 어디까지나 바깥으로 늘일 수 있다면, 태양과 바람과 비와 산과 자신이 하나로 뒤섞여서 녹아들 수도 있다.

해님 아래 알몸을 드러내고 누웠다. 햇볕이 몸속을 파고들어 안쪽에서부터 훈훈해진다. 바람이 몸을 흔들고 몸도 경쾌하게 오늘의 춤을 춘다. 비를 맞자 혈액이 몸속을 힘차게 돈다. 창문을 활짝 열고 연주하면 피아노가 아니라 산을 연주하는 듯한 기분이다. 무언가와 무언가를 분리하고 떼어 놓는 걸 그만두기만 해도 병들지 않고 건강하게 잘 지낼 수 있을 것만 같다…

○

…라는 문장을 쓰는데, 아내의 친구가 아이를 데리고 놀러왔다. 네 살배기 유우 짱이랑 산에서 땔나무를 베고 여름 채소를 거두는 사이에 친해져서 스튜디오에 북, 실로폰, 피리를 몽땅 늘어놓고 함께 연주했다. 유우 짱의 노래나 연주를 받쳐 주는 소리를 내려고 열중한 사이 유우 짱의 기분도 고조되는 것이 느껴졌다. '이렇게 된 이상 유우 짱으로 변하는 편이 더 즐겁겠다.' 자아라는 틀에서 빠져나와 네 살배기의 틀 안으로 훌쩍, 들어가 본다. 두둥!

　아이의 얼굴 표정이 변하는가 싶더니 일순, 우리의 연주가 큰 파도를 일으켰다. 빙긋. 한 사람일 때는 만들어 낼 수 없는 음악이다. 아아, 그렇다. 평소에도 내 안에서만 음악이 만들어지거나 굉장한 일이 일어난 적은 단 한 번도 없다는 걸 불현듯 깨닫는다. 나 자신이라는 틀을 떨쳐 버리면 거기서부터 무언가가 탄생한다.

텅 빈 가을, 열리는 가을

아침. 눈을 뜨자마자 창밖의 식물들을 시야에 가득 담는다. 조금씩 변해 가는 모습을 지켜보는 게 즐겁다.

　겨울에는 낙엽만 덮여 있던 땅에서 새싹이 돋는가 싶더니, 눈 깜짝할 새 다른 것들을 앞지르고 거대해져 버린 참억새, 초여름에 아름다운 꽃을 피웠던 만병초(마을 사람들이 특별히 소중하게 여기는 식물이다), 여름에는 건강한 잎을 덥수룩이 펼쳤다가 차가운 날씨에 단풍이 들더니 지금은 시들어 버린 양치식물들…… 그 자리에 아침 해가 내려오고 식물에게 주어진 '오늘'이라는 생명이 반짝 빛난다.

　날마다 다채롭게 변하는 자연의 풍경에 이끌려 매일 아침 십오 분씩은 담요를 뒤집어쓴 채 집 밖으로 나와 "와아 예쁘다! 저쪽이 황금색으로 변했네. 저 덩굴은 산마 아닌가?" 같은 얘기를 아내와 나눈다.

　멋진 달이 뜬 밤. 늘 보아 오던 식물들이 곳곳에서 푸르스름하게 빛난다. 뭘까 하고 나가 보니 커다란 느티나무를 타고 내려온 달빛의 옷이었다.

◌

작년에는 가을을 그다지 즐기지 못했다. 정신없이 바삐 지내다 문득 고개를 드니 겨울이었다. 그래서 올해는 충분히 즐기자고 다짐했는데, 역시나 가을은 왠지 잘 모르는 채 얼떨결에 지나간다.

　산은 확실히 주홍빛과 금빛으로 물들었다. 마을 목수 스에 씨가 "땡감이 많이 열렸는데 따러 갈래?" 하고 권해서 트럭에 올라탔다. 어마어마하다. 감이 천 개쯤 열려 있는 게 아닌가! 그런데 손이 닿는 데는 한 알도 없다. 긴 대나무 꼬챙이로 감을 따 보려고 해도 툭, 땅으로 떨어진 감은 깨져서 도로 아미타불이 되고 만다. 스에 씨는 부러지기 쉬운 감나무 가지에 높은 사다리를 타고 올라 대수롭지 않다는 듯 감을 한 무더기 수확해서 내려왔다.

　집에 들고 돌아와서 한 알 한 알 과도로 감 껍질을 벗겨낸다. 사실 나는 사과 껍질 깎는 것도 굉장히 서툴러서 남에게 해 달라고 부탁하거나 껍질째 먹는다. 하지만 눈앞에 백오십 개의 감이 굴러다닌다면. 이건 어떻게든 처리할 수밖에 없다. 다섯 알을 깔 때부터 손이 아파 왔다. 이제 곧 콘서트도 있으니 조심할 겸 그만두자고 생각하면서도, 웬걸 그때부터가 재미있었다.

정신을 차리자 감 껍질은 전부 까져 있었고, 종려나무 끈으로 가지를 얽어매는 중이었다. 이다음은 해님께 맡겨 두면 된다. 훌륭한 곶감이 될 것이다. 그동안 나의 과일 깎기 솜씨가 서툴렀던 건 질금질금 해 왔기 때문이었다! 감 깎는 일에만 매달려서 한꺼번에 많은 양을 해 보니 깎는 요령을 알 것 같았다.

◌

날이 추워지면 우리 집 아래쪽에 사는 하마 짱이 찾아오는 횟수가 는다. 봄부터 가을까지는 밭일로 바쁘다가 서늘한 계절이 되어서야 한가해지는 모양이다. "태울 것 좀 없나~" 하마 짱은 지난겨울에 마당 여기저기에서 엄청난 양의 가지를 모아 모닥불을 피웠다.

올해는 하마 짱 집으로 찾아가서 짚신 엮기를 가르쳐 달라고 해야지. 하마 짱은 자녀가 초등학생일 때 짚신이 하도 해져서 3일에 한 켤레는 필요했기 때문에, 하루가 멀다고 밤에 짚을 엮었다고 한다.

◌

가을. 차고 꽉 찬, 가을. 운전을 하노라면 팡 하고 황금빛 폭죽이 올라간다. 멋진 은행나무다. 저쪽에는 이파리가 없는 나뭇가지가 단풍 든 산에 뒤섞여서 하얀 빛을 낸다. 아, 벚나무다. 봄날 꽃 피우기 직전에는 붉게 물들더니 단풍철에는 하얗게 반짝거리나 보다. 내 눈에는 그렇게 보인다.

가을. 차고 꽉 찬, 가을. 텅 빈 가을. 열리는 가을. 그렇게 채워지고 채워져서 터지듯이 결실을 맺고, 다시 텅 비어 새로운 곳으로 열려 간다. 그렇다. 새 생명은 이미 시작되었다.

○

마을 초입에 서 있는 지장보살 불상을 등지고 마을 안으로 들어서자 커다란 체구의 쿠마 씨가 불그레한 얼굴로 검고 큰 개 후쿠 짱과 산책 중이다. 내가 "어이!" 하고 부르자 쿠마 씨가 "어이!" 하고 양팔을 활짝 벌려 화답한다. 다시 차를 달리는데 벼 베기를 마친 논 한가운데 초등학생 세라 짱이 새 가족이 된 강아지와 산책하고 있다. 내가 "야~호!" 하고 부르자 세라 짱도 "야~호!" 하며 손을 한껏 흔든다.

마을 할머니 한 분이 돌아가셨다. 평소에는 늘 장난을 걸며 밝게 행동하던 노리 씨가 "오늘 제 어머니를 위해 모여 주셔서 감사합니다"라며 떨리는 목소리로 정중하게 마을 사람들에게 인사를 한다. 다음 날 아침 온 마을 사람들이 마을 입구에 서서 배웅을 했다.

어느 틈엔가 나는 마을 사람들 모두를 소중한 가족으로 여기게 됐다.

어둠과 빛이 뒤섞이는 순간

지난여름에는 비가 심하게 내렸다. 흙모래와 떨어진 가지들이 흘러들어 강을 메우고 물줄기를 막아 버렸다. 갈 곳을 잃은 물이 한꺼번에 철철 넘쳐흘러 다른 물길을 뚫어 버렸다. 마을 회의에서 나온 말이다. "저기 말이야, 요전에 내린 비로 마을 아래 막다른 산이 흘러내렸어. 산이 움직여 버렸다고." 산이, 움직였다. 꽉 막힌 곳을 밀어내는 힘이, 산을 움직이게 했다.

집터 안쪽 배수로에 산에 있는 돌을 주워서 늘어놓기를 한 달 정도 반복했다. 그랬더니 콘크리트로 덮여 생명이 살기미조차 보이지 않던 곳이 게와 개구리와 도마뱀이 모여드는 아름다운 장소로 변했다. 아름다운 파란 잠자리 한 쌍이 개울에서 노닐 때에는 가슴이 얼마나 벅찼는지 모른다.

하지만 이번 폭우에 모아 놓은 돌이 하나도 남지 않고 죄다 떠내려가, 콘크리트 말고는 아무것도 없는 원래의 배수로로 되돌아갔다. 자세히 들여다보니 콘크리트 물길이 끝나는 곳에 내가 옮겼던 돌들이 여기저기에 흩어져 있었다. 물은 돌들을 아주 느릿하게 감싸 흐르며 조그마한 웅덩이를 이루었다.

서둘러 큰 돌을 구해다가 다시 물줄기를 막아 웅덩이가 더 커지도록 해 보았다. 며칠 뒤 들여다보니 돌 위에는 어느새 이끼가 자랐다. 이대로 가을과 겨울을 보내며 물웅덩이가 깊어지고 진흙과 낙엽이 가득 쌓인다면 봄에는 생명이 와글와글 모여들지 않을까.

문득 얼굴을 들자 하늘이 짙푸른 색으로 가득하다. 투명하게 비치는 푸른 하늘. "스고오오아후우우아아", 티끌 하나 섞이지 않은 깨끗한 바람이 계곡 밑에서부터 세게 불어오는 순간, 푸른 하늘 가득 노란 낙엽들이 날아올라서 점점이, 점점이 뒤섞인다. 파랑과 노랑의 반짝거림. 새로운 생명은 봄이 아니라 지금, 겨울이 시작되려는 이때 찾아온다.

"캄캄한 어둠 속의 짙푸른 색과 빛에서 나오는 노란색이 세상에서 한 몸이 될 때 초록색이 되지요. 현세에서 생명이 탄생하는 순간이 아닐까, 하고 생각해요." 염색 장인 시무라 후쿠미 씨가 했던 말이 지금 내 마음을 뒤흔든다.

쪽물이 담긴 항아리 속으로 실이 들어간다. 끌어올린

실이 공기에 닿는 순간 말로 형용할 수 없는 선명한 초록색이 나타났다. 초록색은 멈추지 않고 눈 깜짝할 사이 쪽빛으로 변해 갔다. 어둠의 곁에는 푸른색이 있고 빛의 곁에는 노란색이 있다. 어둠과 빛을 섞으면 초록색이 태어난다. "그래서 아기가 막 태어났을 때는 초록색 아기라고 하지요. 그러던 게 순식간에 붉은 아기로 변해 가고요."

산속의 나무들, 그 큰 줄기를 만져 본다. 지금 이 표피는 죽은 조직이 모인 것이다. 언제 태어났던 생명이려나. 지금 정말로 살아 있는 생명은 한층 더 안쪽에 흐르고 있다. 보이지 않는 안쪽에서 가득 찬 힘이 눈에 보이는 이쪽 세계로 나오는 순간, 저렇게 선명한 초록색이 나타난다.

사람이 그렇듯 잎도 시시각각 생멸을 되풀이한다. 멈추는 일 없이 어둠과 빛이 뒤섞이고 터져 나오며 이어지는 생명이 있다. 저 눈부시게 빛나는 나무들의 초록색도 그러한 현상이라고 보고 싶다. 이윽고 샘처럼 분출하던 힘이 멈추고, 단풍이 들고, 초록 아기는 붉은 아기가 되고, 다음 생명이 출현하리라. 생명을 불리는 겨울이 찾아왔다.

데굴데굴, 데구루루

달이 소소소소 하는 소리를 내면서 지구 둘레를 돈다. 자디
잔 물방울 아이들이 톡톡 튀고 터지며 달의 뒤를 쫓는다.
덕분에 바다 저편은 크게 부풀어서 생명을 넘치도록 잉태
하고, 바다 이편은 사그라들며 많은 생명의 숨을 거둔다.

또 달은 태양으로부터 멀어지며 휘둥그레 반짝이다
가 태양에 가까워져서 완전한 어둠 속에 잠기기를 반복한
다. 그럴 때마다 땅속으로 뿌리를 뻗어 내리는 것들과 하늘
로 있는 힘껏 가지와 잎을 뻗어 올리는 것들로 이 별은 떠
들썩하다.

어머니인 우주가 떠들썩하기 때문에 인간의 마음도 무척 떠들썩하다. 단숨에 움츠러들었다가 활짝 갰다가, 기분이 좋았다가 나빴다가, 잘됐다가 잘 안 됐다가, 살아 있기 때문에 여러 일들이 벌어진다.

멈추는 일 없이 명멸을 되풀이하는 떠들썩한 세계. 그런 별에 살고 있음에도 어쩐 일인지 혼자서 외롭고, 재미없고, 자유롭지 않고, 몸이 무겁다고 느껴지는 건 역시 무언가에 얽매여 있기 때문일 것이다. 바로잡아 보려고 과거를 곰곰 톺아본다.

아아, 그날부터 내 마음은 멈춰 버린 채로 있었구나 하고 눈치챈다. "이건 이거야"라고 단정 지은 뒤 그때부터 그 기분에서 한 발자국도 움직이지 않고, 보지도 만지지도 않을 거라며 마음을 멈춰 버렸다. 그 이상의 변화가 겁나기도 했다.

시간은 멋대로 흘러갔지만 우주는 변함없이 떠들썩한 그대로이고, 바다는 부풀고 사그라들며 생명은 일었다가 꺼진다. 단단하게 닫힌 마음만이 그때 그 자리에 내버려진 채로 있다. 내가 혼자만 외로웠던 이유다. 마음을 새롭게 굴려야 한다. 데굴데굴, 데구루루.

수북하게 쌓인 눈이 녹은 뒤, 죽은 듯 허옇게 빛나던 나뭇

가지들이 붉게 물들기 시작했다. 그 언저리에서 꽃망울도 조금씩 보인다. 새가 노래하기 시작한다. 눈 녹은 물이 탁했던 개울 바닥을 말끔히 씻으며 흘러내리고, 질질 끌어다 던져 둔 개울 바닥의 돌 틈에서 진흙과 낙엽이 쌓여 작은 세상이 새로 태어났다. 봄이 오면 풀꽃이 돋을 테고 개구리가 낮잠을 잘 것이다. 아직 얼 것처럼 차가운, 이 너무도 투명한 연못에 뛰어든다. 나는 물이니까, 마음도 자유롭게 헤엄치고 싶다.

◌

우주가 탄생한 이래로 백억 년 이상 완전히 똑같은 모습으로 존재해 왔던 원소가 물이 되어 여기저기에서 강물이 되었다가, 내 몸속을 흘렀다가, 당신 몸속을 흘렀다가 한다.

　　당신 몸속의 물이 움직이면 폭포가 기세 좋게 흘러내리고 무수한 무지개가 생겨난다. 그때 쪼개진 물방울 아이는 어느 날 어느 때 달을 쫓아가고, 바다를 부풀렸다가 사그라뜨리고, 수많은 생명을 낳고 수많은 목숨을 거둬들인다. 죽은 노파들이 떠맡았던 건 이 별을 그와 같이 살리고 이어 나가는 힘 그 자체다.

　　황당할 정도로 가없는 거대하고 작은 요철凹凸의 교합과 이어짐 속에서 봄의 한 순간처럼, 팡팡팡 불꽃이 터질 때처럼, 한꺼번에 터져서 날아가는 생명의 너무나도 격렬한 춤과 같이, 아버지와 어머니 들도 아주 멋진 춤을 추었음을 문득 깨닫는다. 뜨거워서 녹아내릴 것만 같은 힘이 달을 쫓던 물방울 아이의 영혼을 잡고 흔들었다. 이내 그것이 사람의 맥박이 되고, 목소리가 되고, 빛이 되었다.

　　나는 그것을 스르르 감사하게 받아 이 땅을 채운다. 우리들은, 당신들은, 매일 밤 다른 얼굴로 떠오르는 달을 쫓고, 데굴데굴 구른다. 데구루루. 루루루. 루루. 루.

음악 작업의 습관들

바로 지금, 나는 영화 음악을 만드는 데 온 힘을 쏟는 중이다. 평소에도 어눌하긴 하지만, 이렇게 자나 깨나 곡 생각만 하는 때는 말도 잘 안 나온다. 여하튼 벌써 수십 년째 하는 작업이지만 '만드는' 일은 매번, 정말 매번 똑같다고 느낀다.

혼자서 멋대로 만드는 때도 누군가가 의뢰해서 만드는 때도 똑같다. 끙끙대고 고민하고 기뻐하고. 초반에는 이 것도 아니야, 저것도 아니야, 하며 무척 끙끙댄다. 이런 느낌이 신나네, 좀 더 이 기분에 빠지고 싶은데, 하고 이리저리 더듬는다. 다가올 눈앞의 계절을 학수고대하거나, 조금 앞의 미래를 현재로 끌어당기려고 하는 것과 같은 감각이랄까.

그러는 중에 '아, 이게 올해의 무언가가 될 수 있을지도……'라는 생각이 스치는, 희미한 말, 소리, 색, 형태 따위의 요소가 난데없이 나타나는데, 뭐 어떻게 하면 좋을지 모르겠어서 일단은 씨앗 뿌리듯이 마음속에 점점이 심어 놓는다.

건반을 딩동 눌러 보면서 "거의 다 왔지만 이건 아니야"라며 흥흥거리다가 집중이 안 되면 개울가로 간다. 거기서 돌을 내던진다든지, 발밑을 보며 "음력설이 가까워지니 정말로 작은 풀이 차례차례 올라오네!" 하고 중얼대면서 발 디딜 곳을 찾지 못해 곤란해 한다든지, 뭐 그렇다.

◌

시행착오를 겪으면서 몸부림치는 와중에 심어 놓은 씨앗 근처에서 그 씨앗과 매우 닮은 다른 요소들이 모여 있는 것을 발견하기도 한다. 그것들은 새롭게 들어찬 것이라기보다 내가 줄곧 갖고 있었으나 여태껏 사용한 적 없는 과거의 씨앗이다. 점에 불과하던 그것들을 알아차렸을 때는 이미 숲처럼 커져 있는 경우가 있다. 그만큼 자랐다면 나는 그 숲속에서 놀고 헤엄칠 수 있기 때문에 무리 없이 음을 연주하는 것만으로도 곡이 만들어진다.

씨앗의 숲은 익숙해서 그리운 듯도 새로운 듯도 한 시공간으로 농밀하고 자유롭다. 아이였을 때처럼 그곳으로 순식간에 뛰어드는 날도 있는 반면, 며칠이 걸릴 때도 있다. 무엇을 만들든 어떤 길로 돌아가든 그 시공간에 들어가야만 작품이 탄생한다는 건 이미 안다. 그러니 불필요한 걱정 따위는 하지 말고 그저 들어앉아서 창작의 나날을 보내면 좋으련만…… 괜히 옆쪽 잔디가 푸르게 보이고, 초조해진 마음으로 지름길을 가야겠다는 생각에 이것저것 새로운 것에 도전하다 보면, 오히려 어떻게 하면 좋을지 모르겠는 게 당연지사. 결국 몸부림치면서 괴로워하고야 만다.

작업이 조금 진행되면 "이대로 나아가도 결과는 변변찮을 거야"라면서 포기하고 손을 놓아 버리기 일쑤지만 적당히라도 좋으니까 일단은 끝까지 가 보자며 마음을 다잡는다. "못 써! 실패했다!"로 결론 날 수 있지만, 의외로 그다음에 원하던 것이 나오는 경우도 있다.

기분만 앞서고 몸이 따라가질 못해 헛발을 내딛는 경우도 있으니 평소 기초 체력을 키우고 몸을 단련해 놓아야 한다. 몸을 따뜻하게 덥혀 놓으면 뭐든지 잘 되는 편이다. 그런 힘들이 다음으로 나아갈 수 있도록 해 준다. "좋은 아이디어가 하늘에서 떨어졌어" 같은 일도 있겠지만 내 경우에는 없다.

마음과 몸과 영혼이, 미래와 과거가, 지구나 우주가 전부 무리 없이 내 주위로 모일 수 있도록 의식한다. 그다음은 쭉쭉 헤엄쳐 가면 된다.

봄아, 어서 와.

산골짜기 하마 할매

"공부하냐?" 마을에서 일을 하다 보면 공부하냐는 말을 듣는다. 컴퓨터 화면을 보는 일이 많아 정말 공부하는 것처럼 보이기도 한다. 게다가 어떤 일이든 무언가를 배우는 것이기도 하니까. 확실히, 공부하는 게 맞긴 하다.

전에는 '일하느라 바쁘다', '일해야 되는데……'라고 생각했는데 "공부하고 올게"라며 작업실로 향하면 아이로 되돌아간 것만 같고 그것만으로도 불어오는 바람이 다르게 느껴진다.

◌

현관 앞에서 누군가가 머뭇머뭇하는 기척이 느껴진다. 하

마 짱이다. 증손까지 본 하마 짱이 터벅터벅 언덕을 넘어서 매일같이 놀러 온다. "캇 짱(친근한 마을 사람들은 나를 이렇게 부른다), 어제도 늦게까지 공부했지? 등불이 보였다고." 하마 짱은 토방에서 차를 마시며 담소를 나누거나 피아노를 친다. 초등학교 교육용 노래인 〈튤립의 노래〉라든가 "아내라고 하는 글자는 이길 수가 없네"라는 노랫말이 담긴 유행가 〈오자시키코우타〉お座敷小唄를 피아노로 연습한다.

한번은 하마 짱 집에 저녁을 먹으러 갔는데 친구한테서 전화가 온 모양이었다. "지금 마을의 젊은 친구들하고 저녁 먹어. 요즘 그 친구네 집에서 피아노를 공부하는 중이야." 그러더니 대뜸 멜로디언을 연주했다. 친구 분은 "그게 뭐야?" 하고 대꾸했다지만 실은 칭찬하는 말인 듯했다.

하마 짱은 지역에서 주최한 그라운드 골프 대회에서 3년 연속 2위를 차지할 만큼 뭐든지 열심히 한다. 그라운드 골프는 게이트볼처럼 공을 굴려서 홀에 넣는 게임이다. 마을 사람들의 증언에 따르면 하마 짱은 겨울에 아무것도 없는 논바닥에서 매일같이 퍼팅 연습을 해 왔다고 한다. "이런 건 대단하지 않아. 창작시 대회 같은 데서 상 받는 게 어렵지. 실은 수상하려고 몇 번이나 시 공모전을 노리고 있어."

하마 짱은 마을 구석구석을 산책하기 때문에 마을의 소문은 물론이요 설날 장식으로 쓰는 풀고사리나 초봄의 머위 순이 자라는 곳도 알아서 "이번에는 저쪽을 잘 살피며 걸어 봐" 하고 일러 준다.

몽실몽실 작고 귀여운 매화꽃과 앵두꽃이 필 정도로 날이 포근해졌다. 겨울 끝일로 땔나무 가지나 모아 놓을까,

하고 근처에 떨어진 가지를 모아 다발로 엮을 때였다. "아아, 어제 그라운드 골프를 쳐서 발을 너무 썼더니 아파. 뭐야? 땔나무하는 거야? 땔나무는 그렇게 하는 게 아닌데. 같이 갈래?" 하마 짱이 한 손에 낫을 쥐고 산길로 들어섰다. 지체 없이 쓰윽 쓰윽 앞장서 간다.

"30년 만에 땔나무를 하러 오네. 옛날에는 산에 들어가서 빈손으로 돌아오면 혼났어." 아작아작 산철쭉 가지를 자르고 모아서 끈으로 묶어 다발로 만든다. 우리가 늘 만들어 오던 다발의 두 배 정도는 되는, 길고 묵직하고 아름다운 다발이다. 하마 짱 혼자서 들고 돌아가는 게 버거울 듯해서 걱정했는데 웬걸, 발로 다발을 굴리면서 다다다다다 급경사를 내달린다. 꽃무늬 몸뻬를 입은 하마짱의 뒷모습이 작은 봄꽃과 어우러지면서 마치 발랄한 어린아이처럼 보였다.

⋯

"다녀왔어." "어서 와." 주워 온 가지로 불을 피워서 목욕물을 데우고 밥을 짓는다. 하늘로 오르는 연기가 아득히 먼 하늘의 강에 다리를 놓는다. 북소리가 울려 퍼진다. 고개를 몇 번이나 잽싸게 넘어 축제가 열리는 옆 마을로 갔다. 밤새도록 춤을 췄다. 멋진 만남이 이어졌다. 이 깊은 산속에서 수십 년을 산다는 건 어떤 의미일까.

날이 따뜻해져서 밭일이 시작되면 밭일에 매달리느라 찾아오는 일이 줄지만, 겨울에는 역시나 하마 짱이 뒷짐을

지고서 터벅터벅 우리 집으로 온다.

　"올려다보면 말이야, 너희 집 등불이 보여. 그걸 보는 것만으로도 마음이 놓여. 한 번이라도 좋으니까, 하루에 한 번이라도 사람을 만나면 그걸로 살아갈 수 있겠다, 싶어."

웃기고 이상한 수다

Q1. 봄이 왔네요. 어떤 씨앗을 심고 싶으세요?

봄이니 다양한 채소를 심어야지요. 언제나 생명의 씨앗을 심고 싶어요. 하나의 곡이 세상으로 나오려고 할 때도 '당장에라도 심어 두고 싶다'는 생각을 합니다.

음악은 결과적으로 연주, 녹음, 악보 등 여러 형태로 존재합니다만 그 시초인 곡이 탄생하는 때, 형태는 없지만 아무것도 없던 곳에서 멜로디가 스윽 하고 생겨나는 순간은 무엇보다 특별합니다. 사유나 기억이 곡 안으로 쑤욱 응축되어 들어가는 감각이란 게 있습니다. 그런 것들은 평소 공기 중을 떠돌아다니는 걸까요?

누군가, 무언가의 기억이라는 알갱이들이 제 안으로

쑤욱 들어와서 모일 때 저는 단지 피아노를 연주하고 흥얼거리면서 "아아, 좋은 곡이야" 하고 기뻐하다가 "고마워"라는 말로 끝마칩니다. 그게 바로 작곡입니다. 저는 '씨앗'이라는 단어를 들으면 '작곡'을 말하는 거라고 여깁니다.

Q2. 그럼 작곡을 위해서 어떤 준비를 하나요?

당연한 말이지만 신체로 들어오는 여러 가지 것들이 저를 이루기 때문에 무엇을 몸속으로 집어넣을지 주시합니다. 입으로 들어오는 건 물론이고, 눈으로, 귀로, 코로 들어오는 것, 피부에 스며드는 것, 그 모든 것들이 단조롭지 않고 다채로울 수 있도록 신경 씁니다.

Q3. 그것과 관련해서 최근 새로 알게 된 점이 있나요? 관심이 생긴 것, 눈에 머문 것 몇 가지만 알려주세요.

세상엔 수많은 정교하고 세세한 생물들이 존재하고, 수많은 종류의 풀꽃이 활기차게 자라나며, 수많은 곤충이 있고, 수많은 향기와 수많은 색과 수많은 움직임이 있습니다. 이렇게 써 놓으면 대부분의 사람들이 '아름답다'고 생각하기 마련이지만, 실제로는 많은 사람들이 그러한 상태를 '잡초'라거나 '세균', '해충'이라고 불러요.

　어릴 적 동네 풍경은 단조로웠어요. 언덕배기에 무덤이

질서 있게 늘어선 공동묘지가 있었고, 또 한쪽으로는 똑같이 생긴 집들이 죽 나열된 식이었죠. 어쩌다 참배하러 가면 묘비 주변엔 풀꽃들이 완전히 뽑혀 있고 그걸 본 사람들은 "깔끔해졌네"라고 말했어요. 저는 '내 무덤이었다면 싫었을 텐데. 자연스럽게 풀이 돋아난 채로 두는 게 좋은데' 하고 생각했죠. 물론 그러면서도 제가 자란 깔끔한 신흥 주택 단지를 사랑스럽게 여기는 마음도 있었죠. 이젠 전부 그리운 고향 이야기입니다.

이사를 와서 지금 사는 산골 마을은 나고 자란 주택 단지와는 완전히 다른 환경으로, 수많은 생명들이 복잡하게 얽혀 있습니다. 이사 오길 잘했다며 매일 즐거워합니다.

Q4. 그 씨앗이 성장하려면 어떤 것이 필요한가요?

보통의, 평범한 일상이지요. 마을의 할머니랑 나누는 웃기고 이상한 수다, 봄 동산의 열매를 조금 나눠 받는 것, 고양이가 늘어진 모습, 아내가 즐거워하는 모습 같은 것들입니다.

Q5. 사는 곳 주변에서 요즘 어떤 소리가 들려오나요?

개구리가 노래하기 시작했고요. 아, 그래요! 앵두꽃으로 모여든 꿀벌의 날갯짓 소리가 대단했습니다. 머리가 빙빙돌 정도였지요. 이제 앵두가 열리면 새들도 많이 노래할 거예요. 어리호박벌 수컷이 암컷을 부르면서 호버링을 하기 때문에 그 주변은 온통 날갯짓 소리로 가득 찹니다. 사랑의 계절에는 사랑의 노래가 넘치지요.

Q6. 오늘 눈에 들어온 계절의 변화는 무엇이었나요?

오랜만에 내려가 본 밭도랑에 작은 도마뱀의 친척인 영원蠑蚖 몇 마리가 있었어요. 또 자동차에 납작하게 깔려 죽은 개구리, 곧 만개할 것 같은 겹벚꽃을 쥔 아내, 초피 열매를 따는 할머니의 몸뻬가 생각나네요.

Q7. 맑게 갠 날이나 비 내리는 날, 특별히 하고 싶은 일이 있나요?

맑게 갠 날에는 돌과 흙을 강으로 가져다가 강을 정비하고 싶어요. 비 내리는 날에는 강물 속의 돌들이 떠내려가지 않았나 확인하러 갈 거예요.

지금이 끝나는 순간까지

피아노 공연을 이어가고 있다. 혼자가 아니라 피리 연주자, 북수, 노래꾼, 춤꾼과 함께 연주한다. 사전 연습을 하면서 좋은 순간들이 많았다. 힘을 빼고 약하게 연주했더니 울림이 아름다웠고, 마이크나 스피커를 사용하지 않아 본래의 단순한 음파가 그대로 흘러 다녔다. 아, 이 자체를 관객과 함께 누릴 수 있다면 얼마나 좋을까? 글을 쓰는 지금으로부터 다다음 날도 라이브 공연이 있다. 공연에서 스피커를 끄는 시간을 가져 보자고 말해 보려 한다. 이런 계획을 세우니 가슴이 떨린다.

언제나 일생에 단 한 번뿐인 공연 무대는 어떻게 해도 결국은 반성하게 된다. 별로 좋지 않았던 부분을 다음에는 이렇게 하자, 저렇게 하자 마음먹는다. 반성한 점을 다음에 고쳐 보려고 노력하는 건 중요할지도 모르겠으나, 돌아보면 반성한 점을 딱히 바로잡은 적이 없었던 것 같다.

무대에 오르면 그런 걸 생각할 겨를이 없다. 여러 가지 일들이 연달아 일어난다. 연주한 음에 이어서 다음에는 무엇을 할까 떠올려야 하고, 관객 분위기도 시시각각 전해져 오니, 아무튼 머리로 생각할 만한 여유는 없다. 고민하는 일과 몸을 움직이는 일이 동시에 일어날 정도가 아니면 따라갈 수가 없다.

과거에 실패했던 무언가를 더 나아지게 하는 게 공연의 원래 목적도 아니다. 목적이라고 부를 만한 것 혹은 도전해야 할 것이 있다면 그건 연주자가 연주하는 순간 음악 위를 날거나 올라타거나 잠겨 드는 것뿐이다. 무대만이 아니라 작곡할 때도 마찬가지다. 이제까지의 경험들과 눈앞에 있는 것을 지금 여기로 모으고 응축해서 단숨에 내뿜어야 한다.

예를 들면 지금까지 알던 모든 바람을 자기 안으로 꾹 눌러 모아서 단 하나의 음으로, 포오오옹. 그 한 음에 마음이 흔들렸다면 거기서부터 신중하게 다음 한 음, 한 음으로 넓혀 간다. 첫 음에 감동받지 못했는데도 넓혀 가려다가 일이 잘 풀린 적은 없었다. 훌쩍 그리고 살며시. 순간순간 다가오는 파도, 그 기운 위에 용기를 가지고 과감하게 올라타는 거다. 매번 같은 파도가 밀려와 주는 건 아니기 때문에 그날의 무언가를 잡을 수 있을지 어떨지, 그게 문제다. 원래부터 산다는 건 모든 순간의 도전이고 기쁨일 테다.

지적 장애인 지원 센터 '쇼부 학원'의 음악단 '오토 앤드 오라부'otto & orabu와 올해 몇 번인가 같이 연주를 했는데 조금 전에 감사 편지를 받았다. 거기에 이런 멋진 말이 적혀 있었다.

"아와지 섬에서 다시 함께할 수 있어 무척 기뻤습니다. 멤버들(지적 장애가 있는 연주자)과 스태프들 모두 다카기 씨와 허물없이 지내며 무척 즐거웠습니다. 돌아와서 며칠이 지난 뒤 멤버들과 마주칠 때마다 "라이브는 즐거웠어?"라고 물었는데, "응. 오늘 점심은 OOO래!"라는 대답이 돌아왔습니다. 우리 멤버들 대부분은 지금의 일, 혹은 아주 잠시 뒤의 일(곧 있을 점심 식사라든지)만을 생각합니다. 저희 비장애인들은 언제나 추억하면서 그리워하고, 뒤돌아보고, 정돈하고 반성하기도 합니다만, 멤버들에겐 역시나 지금뿐이구나 새삼 느꼈습니다. 시간은 늘 흐르면서 다만 지나가고 그 순간만이 존재한다는 사실을, 어떤 순간도 두 번 다시 오지 않는다는 사실을 되새겨 봅니다."

지금보다 조금 뒤의 일, 불과 몇 초 후의 미래를 그려보면 언제나 약간의 따스한 기운을 느낀다. 피아노를 칠 때면 늘 아직 연주하지 않은 바로 다음의 음이 머릿속에 울린다. 그 음을 한 발짝 뒤에서 쫓아가며 연주한다. 그런 날의 연주는 잘 나아간다.

지금이라는 모든 찰나도 결국 끝나는 순간이 올 텐데, 나는 그때까지 얼마나 다가올 음에 귀를 기울이며 나아갈 수 있을지.

여름의 한복판

묵직하게 들어찬 수증기가 여기저기 어디에나 떠다닌다. 손바닥을 허공에 대고 부채질을 하면 물이 잡힐 것만 같다. 출장이 길어져서 일주일 만에 집에 돌아왔다. 자랄 대로 자라서 더 이상 갈 곳 없는 화초가 무거운 머리를 아래로 늘어뜨리고 있다. 현관문을 열쇠로 여는데 간만에 안 좋은 예감이 든다. 드르륵 문을 여는 순간, 후욱! 곰팡이 냄새가 충만하다. 집 안의 창문을 열어젖히고 씻을 수 있는 건 씻고 말릴 수 있는 건 말린다.

밭으로 가 보니 이쪽도 엉망진창이다. 겨우 싹이 났던 귀여운 채소들은 주변에 돋은 억센 풀에 져서 사라지는 중이다. 열매가 달린 채소들은 지주가 없었던 탓에 무게를 견디지 못하고 뒤틀리거나, 균형을 잡기 위해 극단적인 방향으로 가지를 뻗어서 볼썽사납게 됐다.

하나하나 손으로 잡아 주다가 어느새 하루가 갔다. 모종이 꽤 자랐으니 서둘러 밭에 정식하지 않으면, 저쪽에 지주를 만들어 주지 않으면 이쪽에 지주가 모자라니까, 대나무를 자르러 가지 않으면 안 된다. 생장이 멈춘 것 같은데 흙으로 북돋아줘 볼까, 앗, 실수로 채소 줄기를 꺾어 버렸다. 허둥지둥하는 사이에 밤이 오고 아침이 됐다.

채소가 자라는 이랑과 자라지 않는 이랑이 있다. 지금까지는 흙에만 신경을 써서 눈치채지 못했다. 올려다보니 주위의 나무들이 비대해져서 그쪽 언저리가 그늘져 있었다. 기다란 전정가위와 전기톱으로 태양이 내려오는 길을 만들어 간다. 느티나무 한 그루의 뿌리에서 줄기가 세 갈래로 갈라져 있다. 이걸 자르면 밭 대부분에 빛이 들 것 같다. 마을 사람들이 하던 걸 어깨 너머 배운 솜씨로 전기톱을 천천히 나무에 갖다 댄다. 우지끈뚝딱. 순조롭게 기둥 두 개를 넘어뜨렸다. 풍경이 확 달라졌다.

마지막으로 굵은 기둥 하나를 자르려는데 "그건 놔두자. 너무 커. 마을 사람과 같이해" 하고 말하는 아내. 이미 전기톱 날이 줄기에 살짝 닿아 어중간하게 잘려 버린 탓에 말끔하게 잘린 것보다도 아플 것 같았다. 끝까지 잘라 버릴까, 하고 잠시 고민했지만 그날은 그대로 작업을 마쳤다.

그러고 한동안 밭일로 내내 바쁘면서도 머릿속 한편에

자르다 만 나무가 신경 쓰였다. 낫으로 풀을 베는데 갑자기 큰 비가 쏟아져서 "어서 끝내야 해" 하고 서두르다가 스윽, 낫으로 새끼손가락을 베고 말았다. 가볍게 벤 적은 전에도 있었지만 이번에는 상처가 깊었다. 진료소에 가서 두 바늘을 꿰맸다. 상처가 겨우 아물 즈음 마을 사람들과 함께 총출동해서 예초를 하는데…… 퍽! 머리가 쪼개졌을까 싶을 정도로 세게 어딘가에 부딪혔다. 정신을 차려 보니 내 키 높이만큼 깊은 도랑에 빠져서 엉덩방아를 찧은 것이었다.

잇따른 부상에 망연자실했다. 병원에서 돌아오는 길에 아내가 "그 나무 생각이 나는데, 제대로 술이라도 올릴까?" 하고 말을 꺼냈다. "나도 계속 신경이 쓰였어." 그날 밤, 묵직하게 쑤시는 몸을 옆으로 누이면서 생각했다. 내일 가서 술을 올리고 그런 다음에 잘라야지. 밭을 생각해서라도 자르지 않으면 안 돼. 산속으로 이사 와서 처음으로, 나와는 전혀 다른 생물들이 나를 빼곡하게 둘러싸고 있다는 두려움을 강렬하게 느꼈다.

다음 날, 술 한 되와 술잔을 들고 보슬비 속을 걸어서 나무를 만나러 갔다. 청량하면서도 단내가 풍기는 술 향기에 감싸여 꿈속에 있는 듯했다. 나무도 마시고 나도 마시다 정신을 차려 보니 되가 텅 비었다. 나무는 자르지 않기로 했다. 밭에는 그늘이 지겠지만 이 나무와 함께 갈 각오가 섰다. 뒷산에서 조금 전까지만 해도 잔뜩 끼었던 비구름을 뚫고 샛노란 태양 광선이 쭉 뻗어 내려왔다. 집으로 돌아오자 아내가 맑게 갠 하늘을 보며 기뻐한다. "좋은 답장을 받은 것 같아."

올여름은 채소가 자라는 속도가 늦다. 다른 분 밭과 비교하면 1~2개월은 뒤쳐진 것 같다. 다른 밭의 옥수수는 손을 들고 서 있는 것처럼 자라났는데 우리 밭 옥수수는 아직 허리 높이다. 토마토 수확이 시작됐을 무렵, 우리 옥수수는 가지가 비실비실한 채로 초록색 작은 열매 몇 알이 달려 있을 뿐이었다. 비료를 주지 않은 밭을 바라보며 제대로 수확하려면 역시 뭔가를 줘야 하는 걸까 싶은 생각이 들어 몇 군데 이랑에 쌀겨와 유박을 섞어 보기도 했다.

변화를 일으키려는 당시에는 그 행위가 좋았던 건지 나빴던 건지 알 수가 없다. 그러니 비교해 보아야 한다. 여러 가지 방법을 조금씩 시험해 본다. 느려도 괜찮다. 이 토양에 맞고 우리에게도 알맞은 방법을 찾고 싶다.

태풍이 몰아친 탓에 집 뒤편의 사방 댐에서 물이 폭포처럼 쏟아져 내리고 있다. 대체 얼마만큼의 물이 저장되어 있었을까? 콸콸 흘러내린다. 한번은 강을 거슬러서 물이 시작되는 지점을 보러 갔다. 매미들이 일제히 울고 새파란 하늘에 구름이 뭉게뭉게 피어올랐다. 땀투성이가 되어 밀짚모자를 벗고 풀밭에 주저앉았다.

거센 바람이 장마철의 습기를 날려 버린다. 옥수수가 꺾여 버릴 것만 같다. 왼편에서 훅 큰바람이 불어오고 오른

편에서 쏴아 중간 바람이 불어와 눈앞에서 휘리릭 하고 순식간에 부딪히더니 나선을 그리면서 한 무리의 바람이 파란 하늘로 날아올랐다. 그러더니 쌀랑쌀랑. 무수하게 쪼개진 작은 바람들이 지면에 닿을락 말락 한 곳에서부터 솟아오르며 풀꽃과 채소 잎사귀를 팔랑팔랑 흔들고는 파란 하늘로 날아오른다. 작은 채소 잎사귀가 한 장 한 장 자잘하게 몸을 떨면서 만세! 만세! 하고 기뻐한다.

문득 고개를 돌려서 옆을 보니 함께 술을 마셨던 그 느티나무가 천 개의 손을 흔든다. 여름의 한복판이, 날아간다.

자자손손 노래하라

"하아아아아~ 이렇게 시작한다고. 하아아아아~ 그리~하여
어~ 이 자리에 모이신 여~러분."

옆 마을 야이치 씨가 어느 날 불쑥 집에 찾아와서 노래
를 불렀다. "너, 노래에 관심이 있댔지? 실은 말이야, 예전
에 백중맞이 춤을 출 때 선창했던 사람이 내가 살던 곳에
있었거든. 원래는 〈고슈온도〉江州音頭*를 불렀고, 비슷한 걸
〈사사야마온도〉篠山音頭라고 부르는데 사사야마시篠山市의
데칸쇼부시デカンショ節 축제에서도 불렀지. 그런데 이쪽은
가락이 달라. 더 운치가 있고 좋지. 그런데 말이야, 마을에
서 이 노래를 부를 수 있는 사람은 이제 나뿐이야. 너도, 연
습할래?"

그날부터 야이치 씨와 나와 아내, 이렇게 셋이서 노래

를 연습하기로 했다. 야이치 씨 집으로 갔더니 "노래방에 갈래? 거기는 냉방이 돼서 좋아"라고 해서 다시 장소 이동. 중학생 때 이후로 몇 년 만인지. 노래방에서 마이크를 쥐고 야이치 씨의 뒤를 이어서 감정을 잡고 노래하는데 "아냐. 아니야. 거기는 내려가야지. 그래, 지금이 좋아. 여기는 말이야, 힘을 실어서 세게. 춤추게 하지 않으면 안 되니까, 억양이 중요해. 뱉어 낼 땐 확실하게, 어물거리면 안 돼" 하고 가르친다.

두 시간가량 연달아 노래한 뒤에는 "그럼 이제 돌아갈까? 초밥이라도 쏠게. 회전 초밥이기는 하지만 말이야"라고 말한다. 먹는 중에도 돌아가는 길에도 집에 돌아가고 나서도 야이치 씨는 쉴 새 없이 떠들었다.

⚬

이 마을에서 나고 자라 줄곧 일해 온 야이치 씨는 자부심과 애정과 풍자가 뒤섞인 인생 이야기를 많이 들려줬다. "내가 말이야, 초등학교에 다녔을 때 보스가 있었어. 가령 새 만화책이 생기면 일단 보스한테 넘기지 않으면 안 돼. 보스가 다 읽어야 우리가 읽을 수 있었다고. 왜인지는 모르겠는데 여하튼 보스였어. 누가 정했는지 왜 보스가 됐는지 모르겠지만 그때는 여러 가지 결정들을 포함해서 의심 없이 그냥 그런가 보다 했어. 그런데 옆 마을에서 전학 온 아이가 말이야, 이 마을은 이상하다고 하는 거야. 그러고선 얼마 뒤 결투가 벌어졌지. 다리 밑의 보스와 전학생의 결투 때

전학생 편을 든 건 나뿐이었어. 처음엔 이쪽에 붙었던 애들도 전부 배신해서 결국에는 보스 편에 붙었어. 그런데 말이야, 싸움에서 전학생이 이겼어. 보스라고 해도 체구가 작았거든. 보스 편 애들은 그 자리에서 도망쳤다가 대부분 나중에 이쪽 편으로 붙었어."

"예전에 말이야, 내 남편이 백중맞이 춤 노래를 불렀는데, 진짜 소름 돋을 정도로 잘했어. 또 한 명 잘하는 사람이 있었는데 둘이서 주거니 받거니 하며 아침까지 노래하고 춤췄지. 노래를 부르면 모두가 집 밖으로 나와서 모여 들었어. 참말이지 여러 지역을 돌아다니면서 노래했다니까. 먼 데서도 불러 달라고 요청이 올 정도로 스타였지, 스타. 나도 남편한테 배워야지, 하고 생각했는데 관계가 너무 가깝잖아. 그래서 다른 사람한테 배웠어. 몇 번이나 노래하고 외워서 말이야. 마침내 축제날이 돼서 작심하고 야구라櫓** 위에 올라서서 노래하려는데 옆에서 남편이 이러쿵저러쿵 잔소리를 늘어놓는 거야. 내 딴엔 긴장도 했거니와 옆에서 뭐라고 하니까 패닉이 되어 버렸지. 그래서 그 뒤로는 관뒀어. 노래하는 건 좋아하는데 사람들 앞에서는 못 부르겠어. 네가 이어받아 주면 좋겠어."

정작 노래를 불러 보니 독특한 억양이나 말투를 따라하기가 어렵다. 나는 나름 억양을 살린답시고 목소리를 높이는데 금세 밋밋해져 버린다. "노래하다 보면 자기 나름의

가락이 붙어. 자기 나름대로 하면 돼. 그리고 말이야, 못해도 괜찮아. 최선을 다하면 그걸로 되는 거야."

나는 야이치 씨의 노래를 녹음해 와서 반복해 들으며 따라 하는 것부터 시작했다. 조금씩 노랫말이 몸으로 스미면서 마음속에 정경이 떠올랐다.

"옛날 사람들은 산속에 들어가 큰소리로 외치면서 목소리를 짜냈어. 그렇게 하면 좋은 목소리가 됐지." 산에서 큰소리로 노래를 불러 본다. 나무들이 뱉어 내는 안개 속으로 노래가 희미하게 스며들어 간다. 할 수 있는 한 큰 목소리로 몇 번이고 몇 번이고 노래를 계속했다. "좋아! 꽤 노래할 줄 알게 됐네. 80점."

백중맞이 축제 전에 칠석 축제가 있어서 연습도 할 겸 모두들 앞에서 노래를 부르기로 했다. 마을 회관에서 스피커를 가져오고 고등학생인 류 군이 북을 두드려 주기로 했다. "다카기 씨 부부가 말이야, 선창을 할 테니까 다 함께 춤 춰 주길 바랍니다." 소망을 적어서 매단 조릿대를 에워싸고 마을 사람들이 춤을 췄다. 나와 아내는 아무튼 큰소리로 노래했다. 평소에 콘서트를 할 때나 일할 때와는 전혀 다른 긴장감이 돌았다. 무언가를 표현할 여유도 없었다.

다 마쳤을 때 화기애애한 분위기 속에서 사람들이 이런 반응을 해 주었다. "그리워지더라. 처음으로 뭘 노래하는지 귀를 기울여서 들어 봤어. 무슨 이야기를 노래로 부르는 걸까, 하고." "나도 노래해 보고 싶은 걸." 그날 밤 야이치 씨로부터 문자가 왔다. "수고했어. 100점입니다!"

그저 단 한 곡의 노래를 조금 부를 수 있게 됐을 뿐인데 보이는 풍경이 달라졌다. 각지에 남아 있는 모심기 노래나 자장가를 들어도 무엇을 노래하는지 '알 것 같은' 기분이 든다. 세계가 확 넓어진 것만 같아서 두근두근하다. 재미있다.

"백중맞이는 젊은이들의 축제잖아"라며 참가하지 않던 할아버지 할머니도 "너희들이 노래한다면 춤추러 갈게" 하며 나오셨다. "나는 북수에서 은퇴했어. 뭐? 에이, 여든이 넘었는걸. 그래도, 너희들이 노래한다면 내가 치지." "오오, 얏 씨의 북소리가 부활했다!"

모레, 드디어 백중이다.

*   시가현滋賀県 히가시오미시東近江市 쪽에서 백중맞이 춤을 추며 부르는 노래.
** 백중맞이 춤의 중심이 되는 무대.

127

우리는 서로
 닳아 간다

사이좋은 부부나 함께 살아가는 동물을 보면서 '서로 꽤
닳았는 걸' 하고 느낄 때가 있다. 오랫동안 함께 지내면서
닳아 가는 걸까, 애초부터 닳은 존재끼리 모이는 걸까.
어쩐지 원래부터 닳은 서로가 모이는 것 같다. 새로운
곡을 완성한 순간 문득 진짜 내 마음을 듣게 된 것 같은
기분일 때가 있다. 그러면 이내 그리운 기분에 젖어
그 곡이 인도하는 새로운 세계로 가까이 다가선다. 나와
닳은꼴을 여기저기 만들면서 나 자신을 늘려 가는
과정일까? 어쩌면 나 또한 내가 사는 산골 마을의 표정
을 닳았는지도 모르겠다. 그건 좋은 일이다.

산의 미소

한창 〈괴물의 아이〉バケモノの子 영화 음악에 매달려 있는데 늘 내 콘서트를 기획해 주는 호리우치 씨가 "가을에 큰 공연 한번 해 보지 않을래요? 혼자서 말고 여럿이 연주하는 형식으로요"라는 말을 꺼냈다.

공연에서 하고 싶은 게 뭔지 고민해 본다. '마을', '노인이 다시 갓난아기에 이르는 길' 같은 것들이 떠오른다.

어떤 내용으로 채울지 생각나는 건 아무것도 없지만 우선 함께 연주하고 싶은 악기 주자를 한 명씩 불러 모았다. 바이올린에 비올라, 피리, 실로폰, 베이스 그리고 아이누족* 소리꾼, 거기에 내가 피아노를 치면 된다. 어째서 이런 편성이 되어 버렸나 싶지만 여하튼 알 수 없는 음악이 탄생할 것만 같다.

콘서트 제목도 정해야 한다. 항상 이 부분이 고민인데 때마침 읽던 책에 '산이 피어나다'山が咲む라는 말이 쓰여 있었다. '산이 웃는다'山が笑む라는 표현은 접했지만 이 표현은 새롭다. 그러고 보면 '웃다'笑う 와 '피다'咲く는 뜻이 통하는 듯하다. 이번 콘서트 제목은 <산의 미소>山咲み. 단어가 주는 울림이 나를 새로운 세계로 이끈다.

○

7월에 영화가 무사히 공개되고 가까스로 마음이 진정됐을 즈음, 북해도北海道의 아칸 호수阿寒湖 가까이 사는 도코 에미 씨를 뵈러 갔다. 호수 근처에는 아이누 코탄**이 있어서 아이누 문화를 잇는 사람들이 살아간다. 에미 씨는 아이누의 소리꾼이다.

　　찾아뵙는 것까진 좋았는데 에미 씨를 만나는 것 말고는 특별한 목적이 없었다. 다 같이 그저 한가롭게 걷다가 아이누 극장을 구경하고 댁에 가서 술잔을 기울이며 이야기를 나눴다. 제일 중요한 콘서트에 대한 건 도무지 입 밖으로 나오지 않았다. 떠오르는 게 아무것도 없으니까 이걸로 됐다고, 마음을 접고 슬슬 돌아가려는데 에미 씨의 어머님이 불쑥 나타나셨다.

　　"지금부터 할머님께 갈 거거든? 그러니까 내 어머니지. 아이누의 옛날이야기를 많이 해 주셔서 들으러 가. 아무나 다 들려주시는 건 아니고 이 아이한테는 이 이야기를, 저 아이한테는 저 이야기를 하셔. 그래서 나한테는 절대로 들려주지 않는 이야기도 있단 말이지. 할머니처럼 여기에는 자기만의 이야기를 전하고 싶어서 어쩔 줄 모르는 사람이 여러 명 있어. 오늘은 내가 이야기를 물려받을 차례라서 들으러 가는 거야."

멋진 어머님이셨다. 아내가 "저, 어머님께서 어떻게 노래하시는지 듣고 싶어요, 조금이라도 좋으니 불러 주시지 않겠어요?" 하고 부탁드렸지만 정중하게 거절하셨다. "후후, 누군가를 노래하게 하려면 먼저 노래하셔야지요. 그러면 어머니도 거절하지 못할 걸요" 하고 에미 씨가 웃으며 말했다.

그 뒤에 어머님을 배웅하고 온 에미 씨가 한 말이 마음을 파고들었다. "우리는 모두 노래하잖아요. 어머니와 할머니 노래는 구슬프고 깊은 맛이 나서 멋지죠. 무슨 수를 써도 저는 따라갈 수 없지만, 멋지다고 해서 지금의 제가 같은 식으로 노래한다 한들 의미가 없어요. 노래하는 걸 멈추지 않고 나이를 먹다 보면 절로 되는 때가 오겠죠. 동경해서 마냥 따라 하기보다 지금의 제 나이에 맞는 경험을 바탕으로 있는 그대로를 노래하고 싶어요."

○

집으로 돌아와 콘서트 준비에 들어갔다. 보통 지금까지 만든 곡을 연주하는 게 당연하지만 이번엔 콘서트를 위해 새로운 곡을 써야만 한다는 마음이 들었다. 피아노를 마주해도 떠오르는 건 없었지만. 그런 중에 불쑥 옆집의 히로시 씨가 "오늘 오미네산大峰山에 갈 텐가?" 하고 물어서 따라나섰다. 처음으로 떠나는 수행 등산이다.

나각*** 소리가 낭랑하게 울려 퍼지는 산길. 흰 옷으로 정갈하게 몸을 감싼 수행자들과 산을 오른다. 지팡이를 짚을 때마다 방울이 딸랑딸랑 울리고, 그 위에 독경 소리와 매미 울음소리가 몇 겹이고 포개진다. 겹치고 뒤얽혀서 떠도는 소리들에 귀를 기울이는데 어딘가 낯익은 리듬과 선율이 반짝, 하고 머리를 스쳤다. '아아 이 감각은, 이 리듬과 선율은…… 어릴 때부터 할아버지 댁에서 수없이 들어 온 불경 소리랑 같잖아. 내가 만들어 온 곡은 바로 이 감각에 뿌리를 두고 있었어' 하고 처음으로 깨달았다. 할아버지는 절의 주지였다.

다시 집으로 돌아오자 이번에는 백중맞이 춤의 선창자 특별 훈련이 시작됐다. 근 20년 사이 마을에 선창자는 한 명으로 줄었다고 한다. 매일 집에서도 밭에서도 차 안에서도 야이치 씨가 가르쳐 준 노래를 계속 부르는 중이다.

이사 온 지 얼마 되지도 않은 풋내기가 야구라 위에서 노래를 부르게 생겼으니 축제 준비를 돕지 않을 수가 없었다. 축제를 전담하는 남자들의 모임 파일회八日会에 들어갔다. 남자들만 모인 집단에는 익숙지 않아서 긴장도 되지만, 조금씩 마을에 섞여 드는 것 같아 기쁘다. 단상을 세우고, 텐트를 치고, 아이들을 위한 요요 낚시와 빙고 게임을 준비했다. 해가 뉘엿뉘엿 넘어갈 무렵 하마 짱이 준 유카타를 입고서 아내와 같이 단상에 올라가 선창했다. 밑에서는 야이치 씨가 몇 년 만에 다시 북을 두드린다.

젊은 사람들 축제라며 참가하지 않았던 할머니, 할아버지들도 춤을 추러 많이들 오셨다. 처음 해 보는거라 여러모로 어설펐지만 여하튼 진지하게 임했다. 기쁘게도 마을의 다른 젊은이들이 "내년에는 저희가 연습해서 노래할래요!"라고 말해 주었다.

여러 마을 일들이 일어나는 한복판에 있다가 정신을 차려 보니 8월도 어느새 막바지다. 콘서트 준비는 팽개치고 마을 일로만 흘려보내고 말았다. 매일같이 밭일을 하고 마을 사람들을 만나느라 한 곡도 쓰지 못했다. 하지만 이런 매일매일이 쌓여 음악이 될 것이다. 수십 년간 그렇게 음악을 해 왔기에 확신할 수 있다.

얼마 뒤 역시나 새로운 곡이 탄생했다. 산과 마을을 표현한 내 나름의 음악이 나왔다. 아내에게 들려줬더니 "감사한 걸, 감사한 걸" 하고 산을 향해 두 손을 모았다. 나도 진심으로 그렇게 생각한다.

며칠 후면 리허설이 시작된다. 가슴이 두근거려서 잠이 오질 않는다.

---

* 일본 홋카이도 및 사할린 지역에 사는 종족.
** 부락을 뜻하는 아이누어.
*** 소라 껍데기로 만든 악기.

자연을 닮은 콘서트

2015년 9월 22일 메구로 파시몬 홀めぐろパーシモンホール에서 콘서트 〈산의 미소〉가 열렸다. 근래에는 피아노 솔로 공연만 해 와서 밴드로 연주하는 건 7년 만의 일이다. 2006년 〈프라이빗 / 퍼블릭〉Private / Public에서는 친숙했던 서양 음악에서 아시아 음악으로 살짝 발을 들여놓았고, 2008년 〈타이 레이 테이 리오〉Tai Rei Tei Rio에서는 고대에 일본으로 건너온 음악 문화의 발자취를 따라 섬나라가 아닌 광활한 일본을 상상하며 연주했다. 이렇게 내가 사는 나라에 조금씩 더 가까이 다가가고 있다.

　젊을 때부터 세계 각지를 꽤나 돌아다녔는데, 사실 내가 찾고자 했던 건 다른 어디에도 없는 고향의 옛 모습이었다는 생각이 든다. 일본의 그리운 옛 풍경을 겪고 싶어서 옛 생활 방식이 그대로 남아 있는 지역으로 향했나 보다. 그렇게 산골 마을로 이사해서 할아버지 할머니 들과 나날을 함께하고, 백중맞이 춤의 선창을 배우는 가운데 음악을 만들 수 있었다는 사실이 참 오묘하다. 이번 콘서트는 근 2년간 이곳에 살면서 느낀 것들을 그대로 옮겨 오고 싶었다. 생명이 피어나서 넘쳐흐르고 시들어서 되돌아가는, 지나갈 뿐 절대로 멈추지 않는 그 애틋한 섭리를 말이다.

밴드는 총 여덟 명이다. 스무 명 정도의 악단이면 좋겠다고 생각했으니 이 정도가 최소한의 인원이지 싶다. 무대에 서기 사흘 전 스튜디오를 빌려 다 같이 연습을 했다.

나는 누군가에게 연주를 부탁할 때 가능한 간략한 악보를 건넨다. 어떤 음계로 쳐야 하는지, 멜로디와 베이스 두 음만을 표기하는 것이다. 여기에 곡마다 지향하는 세계관을 설명해 주면 누구나 연주할 수 있다고 믿는다. 합주하는 사이에 각자 나름대로 터득하는 시점이 오게 마련이고 연주는 점점 생동감을 띤다.

합주 때 '옳고 그름'은 일일이 판단하지 않는다. 즐거웠다면 그걸로 충분하다. 곤란한 듯한 얼굴로 고민하는 연주자에게는 곡을 조금 더 설명해 주거나 "이런 건 어때?" 하고 입으로 소리를 내어 제안해 본다. 내가 맡은 피아노 역시 칠 때마다 달라져 버리기 때문에 이렇게 적절한 지점을 찾아갈 수밖에 없다. 나는 연주자들이 어떤 상태에 올라타서 함께 가는 정도의 기세로 임하는 걸 좋아한다. 오답 하나 없는 백 점을 받는 것보다 죽이 되든 밥이 되든 자신의 길을 가는 게 더 즐겁다.

연달아 치르는 두 번의 공연. 첫날은 긴장감 있는 차분한 공연이었다. 원래는 조금 더 쾌활하게 연주할 예정이었는데 서로의 소리를 유심히 들으려다 자기가 연주하는 소리마저 작아져서 안으로 오므라드는 것 같은, 씨앗이 되어가는 것 같은 내용으로 채워졌다. 리허설을 하던 좁은 방에서 나와 큰 홀에서 연주하려니 익숙해지지 않았던 탓도 있으리라. 연습했던 것과는 달랐지만 그것 역시 나의 길을 시도해 보며 나온 결과이니 괜찮다.

두 번째 공연을 준비하면서는 "이번 테마는 '노인이 다시 갓난아기에 이르는 길'이에요. 죽고 나서 다시 태어나는, 그 보이지 않는 통로에 가닿고 싶어요"라고 말했기 때문에 내일 연주는 새롭게 태어나는 갓난아기처럼 될 거라고 예상한다.

이번엔 2층의 가장 뒷좌석까지 소리가 도달하도록 의식적으로 연주하자 말을 맞췄다. 연주자 사이의 거리도 가능한 좁혔다. 산골 마을의 이야기를 곡과 곡 사이에 넣기로 했다. 어제부터 각자가 보완할 수 있는 점을 고민했고 대부분 비슷한 생각이었다. 잘될 거라고 느꼈다.

◌

콘서트를 마치고 집으로 돌아오는 길에 하마 짱을 만났다.

"잘했어? 아, 그래. 그거 잘됐네. 나는 새 옷을 입은 날이어서 산에 올라 산신령님한테 보여 드렸지. 새 옷을 입을 때마다 항상 그렇게 해." 고양이를 맡아 준 사치코 씨는 "어서 와요. 한번 드셔 보세요"라고 쓴 편지와 함께 찹쌀떡을 두고 갔다.

토마토, 가지, 여주, 꽈리고추 그리고 단호박까지. 9월도 끝나가지만 여름 채소들을 풍성하게 받았다. 개울에는 반짝거리는 알밤이 떠내려 왔다. 서둘러 밤나무 아래로 가 봤더니 떨어진 밤이 천지다. 하늘을 올려다보자 큼직한 감들이 주렁주렁. 위아래 여기저기가 반짝반짝, 온 자연이 "품에 안아 보세요" 라고 말하는 듯하다.

마을의 할아버지 한 분이 돌아가셨다. 아침에 마을 사람들이 모두 나와서 배웅을 하고 문상객 접대 등 도울 수 있는 일을 분담했다. 마을로 돌아와서는 할아버지 댁 안으로 들어가 다 함께 염불을 외었다.

◌

오랜만에 산속으로 이사 오기 전 살았던 가메오카로 갔다. 무척 좋아하던 뒷산에 올라가 '나만의 장소'라고 멋대로 정한 지점에 서 봤다. 전에는 있었던 무언가가 어쩐지 사라진 것만 같은 기분이 들었다. 내가 진짜로 이사했구나, 하고 실감했다.

마을 회관에서 아이들이 가을 대축제에 쓸 정고*와 피리, 샤미센三味線**과 북을 연습하기 시작했다. "둥! 둥! 여어차! 꽤앵 꽹, 삘리리, 꽤괭 꽹, 여어차!"

올해도 마을 사내들이 신위를 모신 가마를 메기로 했다. 어깨를 이웃한 얼굴들이 의지가 된다. 알고 지내는 사람이 꽤 늘었다. 짊어진 가마의 무게가 작년보다 견딜 만하다.

그리하여 한 곡 불러 본다. 나만의, 두 번 다시 오지 않을 이날을.

*   일본 전통 음악에서 쓰는 타악기의 일종.
**   일본 고유의 삼현 악기.

한 걸음 앞으로

긴 햇살이 비쳐 든다. 가을은 봄과 같이 눈 깜짝할 새 지나
간다. 산이 품은 색이 전부 드러나서 진정한 극채색을 즐길
수 있는 시간은 단 나흘, 닷새 정도이지 싶다.

색을 한껏 부풀린 산에는 윤택한 빛이 흐른다. 바삭바
삭하게 마른 잎이 쌓이고 쌓인 땅 밑은 서서히 촉촉하게 젖
어 든다. 넘칠 듯이 터져 나왔던 초록색이 이렇게 다시 새
카만 흙으로 되돌아가는 걸 보고 있으면, 봄, 여름, 가을, 겨
울 같은 계절의 순환이 흙에서도 일어나는 듯하다. 흙은 때
로 낱낱의 몸을 하나로 뭉쳐서 돌이나 바위가 되고, 활짝 피
어나 화초와 나무가 되고, 사르르 흘러내리는 모래가 된다.

싸늘한 바람이 불어오고 주위가 고요해지면 하마 짱이 집으로 자주 찾아온다. "또 자는 거야?" 나는 한 달 가까이 늘어져 있었다. 9월 말에 콘서트를 마치고 팽팽했던 긴장이 풀려서인지 맥없이 컨디션이 무너져 버렸다. 분주했던 여름 동안 쌓인 먼지와 곰팡이를 한꺼번에 청소해서였을까, 마른기침이 멈추질 않는다. 38도의 열이 나는 몸으로 가을 축제에서 가마를 멘 것도 좋지 않았던 걸까. 일주일을 내리 자면 몸이 회복될 법도 한데 미열과 기침이 계속되었다.

안으로만 움츠러드는 데 지쳐 버렸고, 이 상태가 계속될지도 모른다고 생각하자 우울해진다. 무엇보다 사람을 만나서 이야기하는 게 가장 괴롭다. 타이밍과 속도를 맞출 수가 없어서 식은땀이 흐른다. 피아노도 정면으로 상대할 수 있을 리가 없다. 연주가 쭉쭉 뻗어 나가길 원하건만, 반대로 쪼그라들기만 해서 힘들고 지친다. 괴롭다, 너무 괴롭다.

하지만 나이가 이 정도나 들었으니 홀로 음지에서 견뎌 내야만 한다고 여겼을 때, 별안간 다른 사람의 인생과 연결되어 있다는 감촉이 되살아났다. "아아, 그때 그 사람은 어쩌면 이런 기분이었을지도 몰라." 뒤늦게 다른 사람의 심정이 조금은 이해가 간다. 그러고 나면 이번에는 내 안으로 정신이 향하면서 쓰지 않던 신체 부위나 제자리에 멈춰 있는 마음을 알아차리게 된다. 천천히 몸 안에 뭉친 돌을 풀어 주면서 이다음의 싹을 틔우기 위해 인생을 한 걸음 앞으로 내딛는다.

어린 시절을 보낸 가메오카의 한 초등학교에서 전화가 왔다. '장래의 꿈(직업)'을 주제로 자신은 어떤 어린 시절을 보냈는지, 어떻게 해서 음악가라는 직업을 갖게 되었는지 들려주면 좋겠다는 청이었다. 초등학교 졸업을 앞둔 6학년생들 앞에서 무슨 말을 하면 좋을까.

가메오카는 산으로 둘러싸인 분지로 논밭이 펼쳐진 시골 마을이면서, 동시에 도시에서 일하는 사람들의 베드타운이기도 하다. 이웃한 교토의 시내로 나가려면 '늙은이의 비탈길'이라는 으스스한 고개를 넘지 않으면 안 되는데, 어두컴컴해서 앞이 잘 보이지 않아 사고가 많다. 자동차를 몰 수 없는 아이들에게는 산으로 둘러막힌 마을인 셈이다. 산에서도 놀려고 들면 얼마든지 즐겁게 놀 수 있지만, 장래를 고민하고 도시 문화에 동경을 품는 정도의 나이가 되고부터는 시골에 산다는 지루함과 갑갑함이 커져만 갔다.

나도 중학생이 되고 나서 혼자 자전거로 산을 넘어 보려고 길을 찾아 봤지만, 위험한 고개를 지나는 것 외에는 다른 방법이 없는 듯해 그만두었다. 밖에는 드넓은 세계가 있고 여기에는 아무것도 없다고 생각했다. 많은 동급생들이 교토에 있는 고등학교 입시를 치르고 진학하면서 가메오카를 떠났다. 나도 가메오카 밖으로 나갔고 세계 각국을 돌아다녔다. 하지만 모든 것이 전부 떠나 온 그곳에 있었다는 사실을 깨닫고는 가메오카로 되돌아왔다.

그렇게 성인이 된 뒤 내가 나고 자란 고향을 안팎에서

내다볼 수 있게 되자 비로소 곡이 툭, 하고 나왔다.

◌

옛날 생각이 떠올라 왠지 애틋한 체육관에서 백 명도 넘는 아이들 앞에 서 있자니, 그러한 나의 경력을 어떻게 설명한다 해도 소용없을 거란 생각이 들었다. 초등학교 6학년 아이들이다. 지금은 아무런 정보가 없어도 이제 수많은 경험을 쌓아 갈 테고, 그 안에서 하나하나 발견해 나가는 과정이 그들 각자의 인생에 도움이 될 것이다.

나라는 사람을 뒤돌아봐도 어떤 길을 걸어왔기에 음악가로서 일을 할 수 있는지 전혀 모르겠다. 그 피아노 선생님을 만나지 않았더라면, 그때 가출해서 미국으로 가지 않았더라면, 그때, 그때…… 뒤돌아보면 어떤 사소한 일이라도 없어서는 안 될 중대한 사건이 되어 버린다. 중요한 건 걸어온 길이 아니라 어릴 적부터 변함없이 느껴 온 창작에 대한 흥미이리라.

아이들의 눈을 바라본다. 한 명 한 명 자신만의 빛이 있다. '이미 장래에 어떤 일을 하게 될지 정해져 있는 건 아닐까?' 싶기도 했다.

"누군가가 당신을 필요로 할 때 그것이 당신의 일이 됩니다. 지금 한 반에 나이가 같은 친구들이 삼십 명도 더 있습니다만, 어른이 되면 그런 기회는 사라집니다. 갓난아기부터 노인까지 다양한 사람들과 섞여서 살아야 하지요

지금은 함께 놀지도 이야기를 나누지도 않을 것 같은

사람들이 당신에게 일을 맡기곤 한답니다. 전혀 모르던 사람을 기쁘게 해 주는 거지요. 반대로 여러분이 누군가에게 일을 맡길 지도 모르죠. 자기가 할 수 없는 일을 누군가에게 부탁하는 겁니다. 이곳에 백 명도 넘는 사람들이 모여 있으니, 종종 지금까지 놀아 본 적 없는 아이의 집에 놀러 가 본다거나 말을 걸어 보면 어떨까요. 학교에서는 볼 수 없는 모습을 볼 수 있어서 재미있을 겁니다. 왠지는 모르겠지만 저는 같은 반 남자애들 집에 거의 다 놀러 갔었어요. 어른이 되고 나서는 그러길 잘했다고 생각했지요……." 따위의 이야기를 했다.

아무래도 계속 말이 잘 나오지 않아서 "늘 이렇게 합니다" 하고 피아노를 쳐 보였다. "작곡을 할 때는 팔레트 위에 그림물감을 꺼내 놓는 것처럼 하나의 음에서 그다음에 이어질 음을 신중히 고르면서 나아갑니다"라고 말하며 늘 하던 걸 보여 주었다. '세상에는 다양한 사람들이 있지만 그들도 나도 다 같은 인간이기에 내가 나 자신을 마음 깊이 기쁘게 해 줄 수만 있다면 그게 다른 사람에게도 기쁨을 줄 수 있을 것이다'라고 생각하면서.

　"곡을 만들고 싶거나 실제로 만들어 본 적 있는 사람?" 예상보다 많은 아이들이 손을 들었다. 모두들 생각한 대로는 만들 수 없었다고, 어려웠다고 한다. 자기 마음속 가장 깊은 곳에서 듣고 싶은 곡을 발견하면 그걸로 충분하다고

다고 말해 주었다.

　자기가 가장 듣고 싶은 곡이란 뭘까. 자기 안에만 있다
고 단정할 필요 없이, 나를 포함해 곁에 있는 누군가의 마음
속에 있을지도 모르는 어떤 것이다. 다만 그걸 찾아내는 건
당신 밖에 없을지도 모른다.

메아리치는 피아노

동경해 마지않던 그랜드 피아노를 집에 새로 들였다. 크고 무겁다. 모든 게 무겁다. 건반도 페달도 소리도 무겁다. 어떻게 소리를 내야 할지 감을 잡을 수가 없어서 연주하고 싶은 마음이 들지 않는다. 나도 모르게 전에 살던 집에서 데려온 업라이트 피아노를 치고 만다. 업라이트 피아노는 손을 가볍게 갖다 대기만 해도 반짝반짝 일렁이는 음파로 나를 감싸 준다. 어릴 적부터 지금까지 쳐 온 피아노다. 어떻게 치면 어떤 소리가 나는지 몸에 배어 있기 때문에 소리가 훤히 눈에 보인다.

"응. 나에게 피아노란 이런 건데." 아마 앞으로도 계속 그렇게 생각할 게 틀림없지만 어찌하랴! 외부 스튜디오에서 녹음을 하거나 콘서트홀에서 연주하는 피아노는 생김

새도 울림도 다른 그랜드 피아노인 것을. 또 그랜드 피아노만이 표현할 수 있는 무언가가 분명히 있기에 언젠가는 꼭 마련해 집 안에서 차분하게 마주하고 싶었다.

멋진 스튜디오나 콘서트홀에서 그랜드 피아노를 쳐 본 적은 있지만 정작 집에 가져와 보니 어떻게 해도 소리가 손에 잡히질 않는다. 연주하면서 듣는 소리에 즐거워지지가 않는다. 소리가 나를 안아 주지도 않는다. 그랜드 피아노는 원래부터 콘서트홀에 모인 수많은 청중을 위한, 가장 먼 객석에 앉은 사람에게까지 소리가 가닿도록 디자인된 악기다. 내가 맛있다고 느낀 소리의 성분은 눈 깜짝할 사이에 멀리 날아가 버린다. 피아노에 가장 가까이 있는 나는 정작 가장 심심한 소리만을 맛보게 되는 것이다.

아내에게 대신 연주해 달라고 부탁하고 나는 조금 거리를 둔 채 들어 보았다. "오, 기분 좋다." 한 음, 한 음, 또렷한 소리 입자와 나울거리는 음파. 조율사에게 상담을 했더니 "매일 조금씩 그리고 많이 치다 보면 부품이 단단해지거나 부드러워지거나 하면서 좋은 소리로 단련되어 갈 거예요"라고 답하신다. 분명 맞는 말이지만 지금껏 다른 피아노로 할 수 있었던 걸 할 수 없게 된 건 답답하다. 소리가 울리지 않는다, 그러니까 치고 싶지 않다, 피아노도 나도 단련되지 않는다, 악순환에 빠져 버릴 것만 같다.

이러저러하다가 콘서트홀에서 그랜드 피아노를 연주하는 날이 왔다. 소리를 내어 보니 확실히 커다란 홀 안에서 음이 멋대로 날아다닌다. 가장 먼 객석에 앉아 본다. 무대 위의 피아노가 작아 보인다. 무대로 돌아와서 한 번 더 건반을 누른다. 이번에는 귀를 가장 먼 객석에 놔둔 채로, 놔둔 채로……. 들린다! 산속 메아리와 같은 감각이다. 가닿고 싶은 저편이 있다면 그곳에서 반사해서 되돌려 주는 음을 순순하게 받아들이면 그만이었던 것이다.

아름다운 가을이다. 차례차례 절정으로 드러나는 색깔에 눈이 부시다. 반짝 드러나는 황금색 태양빛 속으로 좍좍 쏟아지는 비. 좍좍, 반짝반짝. 기쁜 마음으로 그랜드 피아노를 다시 쳐 봤다. 차랑차랑. 여우비가 기뻐하는 듯했다. 나도 기쁘고 피아노도 기쁜 듯했다.

○

지금 집에는 피아노가 세 대 있는데 세 번째 피아노는 토방에 놔뒀다. 토방은 집 안인지 밖인지 구분하기가 애매한 공간이라 갑작스럽게 손님이 찾아와도 맞이하기 쉽고 상대도 드나들기 쉬워서 좋다. 토방의 피아노는 낡아서 제대로 된 소리는 나지 않지만 달각달각 따스한 소리가 난다. 예순다섯 살쯤 되는 할머니 피아노다. 아! 이 마을에서 예순다섯은 할머니가 아니다.

"너, 이상한 말을 다 하는구나. 나는 할머니가 아니야. 아주머니지. 할머니는 아흔두 살 된 옆집 도오 짱이야." 여든네 살 하마 짱 아주머니에 따르면 그렇다. 하마 짱은 우리 집에 놀러 와서 아주머니 피아노를 치다 훌쩍 되돌아간다. "여기 오면 머리가 텅 비고 좋아."

사람에게는 어떻게 해도 저질러 버리는 일이 있다. 무

의식 중에 저지른 일이라면 스스로도 꺼림칙하고 주위에서도 그만두는 편이 낫다고 주의를 준다. 어떻게 해도 게임이 하고 싶고, 어떻게 해도 격렬하게 연주해 버리고, 어떻게 해도 개울로 돌을 계속 나르고 싶고…….

왜 지금 그걸 꼭 해야만 하는지 자기도 잘 모르겠고 주위 사람들도 이해할 수 없다며 불쾌하게 여기지만, 한 번뿐인 인생이니 과감하게 '어떻게 해도 하고 싶은' 그것을 어떻게든 살리는 법을 생각하고 싶어졌다. 지금 피아노를 치고 작곡을 하는 일 또한 어떻게든 하고야 마는 일 중 하나다. 오래 지속한 작업이지만 누가 부탁해도 싫지가 않다. 기쁘고, 늘 하고 싶다.

반대로 하고 싶지 않은 일들은 아주 많다. 그런 것들은 내 인생에서 멀리하고 되도록 손대지 않으려 한다. 바보 같지만 '어떻게 해도 하고 마는 일'만을 더더욱 소중하게 여기기로 했다.

장애인 연주자들의 공연을 보러 간 적이 있다. 그들은 무대 위에서 노래하고 춤추고 북을 쳤다. 준비해 온 공연을 순서에 따라 선보였지만, 그중에는 공연 내용과 전혀 상관없는 행동을 반복하는 사람도 있었다. 깡충깡충 계속 뛰기만 하는 사람, "엄마~ 나 좀 봐봐!"라고 외치며 객석을 향해서 손을 흔드는 사람, 무대를 돌아다니면서 동료의 연주를 그저 바라보는 사람도 있었다.

대체로 연습해 온 걸 충분히 발휘하는 사람들이 많았지만, 장애가 있든 없든 모두가 자신이 지금 하고 싶은 것을 마음껏 선보이는 무대였다. 멜로디와 하모니와 리듬과 춤과 땅의 울림과 신음 소리와 괴상한 소리와 울부짖는 소리가 긴장, 해방, 환희, 무아지경 속에 가득 차서 폭풍의 한가운데 있는 듯했다. 찰나의 시간 속에 한 명 한 명 살아 있다는 것은 이토록 경이로운 일이구나, 하고 감동했다.

어떤 일에도 틀리지 않는 정답을 찾아야 하고 가능한 손해 보지 않으려는 게 요즘 세상의 상식이라지만, 그건 말 그대로 모든 걸 한 가지 색깔로 물들이는 것과 같다. 개인적으로 나는 '어떻게 해도 하고 싶은' 일을 하는 사람들이 마치 산속의 야생화처럼 이곳저곳 동시에 피어나는 모습이 아름다워 보인다. 사람은 생각하는 것보다 훨씬, 훨씬 더 흥미로운 존재이므로.

커다란, 커다란 인사

손목에 손을 갖다 대본다. 금방 맥박이 전해진다. 언제나 팔딱팔딱 힘차게 피가 흐르는 곳. 이마에 손을 갖다 댄다. 맥박이 느껴지지 않는다. 차분하게 기다리자 조금씩 맥박이 전해졌다. 이곳엔 피가 잘 흐르지 않는 걸까. 손을 갖다 대고 유심히 귀를 기울였더니 피가 돌기 시작한다. 아파서 괴로운 곳곳에 손을 대 보면 대체로 사늘하게 식어 있다. 손을 댄 채로 잠시 있었다. 서서히 따뜻해지면서 편안해졌다. 아마도 세상은 이런 식으로 이루어져 있으리라.

◌

드넓은 하늘 아래로 차를 달려서 나아간다. 삶은 달걀 같은 유황 냄새가 차 안으로 자욱하게 밀려든다. 차창 밖으로는 온천에서 피어오르는 새하얀 수증기 구름 몇 덩이가 보인다. 여기는 규슈九州에 위치한 벳푸別府. 오랜만에 아내의 친정에 왔다. 친정집 근처에도 온천수가 솟아서 피곤하다 싶으면 잠시 카페에 쉬러 가듯이 온천을 즐기러 간다. 입던 옷을 홀딱 벗고 벌거숭이가 된다. 지구별 내부에서 뿜어져 나오는 따뜻하고 부드러운 힘에 감싸여 있자니 갓난아기가 된 것만 같다. 하늘을 바라보고 누운 몸을 둥실, 수면 위로 떠올려 본다. '나'라는 경계가 녹아서 사라지고 이 행성과 한 몸이 됐다.

온천도 즐길 만큼 즐겼고 멍하니 한가롭기 그지없다. 아내는 도미도미 할머니가 계신 곳에 가고 싶다고 했다. '도미도미 할머니'는 아내의 친할머니로 생선인 도미タイ에서 따온 말이다. 할머니는 할아버지와 생선 가게를 운영하셨다고 한다. 두 분 다 예전에 돌아가셔서 나는 만나 본 적 없이 사진과 이야기로만 전해 들었다.

아내가 어릴 땐 도미도미 할머니 댁에 자주 놀러가서 빈 가게를 지켰던 모양이다. "간식 먹고 싶으면 접시를 가져 오너라." 도미도미 할아버지가 말씀하시면 꼬꼬마 아내는 식기장으로 아장아장 걸어가서 큰 접시를 꺼내 품에 안았다. 할아버지께 접시를 내밀면 반짝반짝 윤이 나는 생선회를 접시 위에 놓아 주셨다고 한다. 어릴 적 아내의 간식은 생선회였던 것이다.

"그때 난 정말 작았었는데……. 지금은 다른 모든 게 작아 보여."

도미도미 할머니 댁이 있던 곳으로 가 보았다. 집은 이미 사라지고 주차장으로 변해 있었다. 집 바로 뒤편에는 신사가 있었는데 아내는 그곳의 가구라神楽*를 좋아했다고 한다. "우와! 신사 나무는 아직도 크네! 어릴 때보다 더 커졌어." 아내는 나무에 손을 댄 채 애틋하게 말했다.

○

어떤 예감이 스친다. 나는 먼 하늘을 바라보았다. "저기! 이리 와봐! 어서!" 큰 무지개가 시원스럽게 걸려 있었다. "오랜만에 보네. 흔히 '무지개가 걸린다'고들 하지만, '무지개가 선다'라고도 하잖아. 무지개 기슭에 가 본 적 있어? 좋아, 할 일도 없겠다, 무지개 기슭으로 가 보자!"

　　두근거리는 마음으로 차를 내달렸다. 무지개가 점점 커졌다. 이렇게나 무지개에 가까이 다가간 적은 처음이다. 어쩌면 오늘은 정말로 무지개 기슭에 가닿을지도 모른다. 그러는 사이 주변이 엷브스름한 무지개 색으로 변했고 우리는 무지개 안으로 들어와 버렸다. "너무 가까이 다가가면 보이지 않게 되는구나."

　　어느덧 우리는 산의 사면을 오르고 있었다. "어, 나 여기 와 본 적 있어. 도미도미 할머니 무덤이 이 근처 아닌가?" "저 무지개는 '만나러 와'라는 할머니의 메시지 아니었을까?" "설마……, 그렇다면 좋겠지만."

　　조금 더 나아가자 'OO 공동 묘지'라고 적힌 간판이 보였다. 우리는 흥분해서 계속 갔지만 산을 한 바퀴 돌아서 신흥 주택 단지로 나와 버리고 말았다. "아쉽네. 오늘은 그만 돌아가자. 그래도 왠지 행복하다." 그렇게 길을 따라 모퉁이를 빙빙 돌다가 문득 앞에 멈춰 선 자동차를 피하려고 핸들을 꺾었는데 "앗, 여기야! 도미도미 할머니의 무덤이 있는 곳!" 결국 우리는 할머니의 무덤까지 와 버렸다. 웃음이 절로 나왔다. 기묘한 일은 종종 일어나는 법이다.

아내가 할머니의 무덤을 찾아서 귤 두 알을 올렸다. 두 손을 모으고 뭐라 뭐라 긴 이야기를 건넸다. "'귤은 둘이서 먹으렴'이라고 말씀하시는데?"라며 방금 올린 귤 중 한 알을 내게 건넨다. 문득 고개를 들어서 하늘을 보니 커다란 무지개가 산 위에 서서 "잘 찾아왔구나! 성공했어!" 하고 말하는 듯했다.

"생각지도 못했던 커다란 말로 전하시네. 커다란, 커다란 인사야."

---

*   신에게 제사를 지낼 때 연주하는 무악舞楽.

한 곡 부르면 일곱 곡이 열리고

〈산〉

내일은
까마귀 새끼가
둥지를 뜨고
비가 내리면
일곱 빛깔

흘러가는 물 위로
두둥실
떠올라 보세요

위에는 무수한
별들
아래는 반디가
어지러이 날고

여기도 저기도
반짝반짝
품에 안아 보세요

한 곡
불러 볼까요
나의
볼을 타고 흐르는
그 길을

그 길 따라서
다다른 곳
기다리고 있었어요
두 번 다시 오지 않을
이 날을

〈산의 미소〉

산, 흐드러지게 핀
꽃이 수놓은 길
밟으며 다짐한다네
그날의 약속을
얼씨구절씨구 좋구나
냇물아 흘러라

경사 났네 경사 났어
아기를 안은 부모여
얼씨구절씨구
좋다 좋아

산속의 남자는
외로우면 안 되지
산속의 처녀여
무얼 가지고 놉니까

여기는 골짜기 밑
까마득히 멀고 먼
산마루 위에는
달님이 하나
얼씨구절씨구 좋구나
냇물아 흘러라

안개 낀 논두렁에서
아침 해에 경배를
오늘은 옛날의
그 사람이 오는 날

자장자장
잠들지 않으면 안 돼요
새는 노래하고
날지 않으면 안 되죠

꽃이라 불린다면
피지 않으면 안 되고
바람은 불어 불어
떠나지 않으면 안 돼요

산행 길에 무슨
불평이 있으리오
산은 여차!
기분이 풀렸네

한 곡 부르면
일곱 곡이 열리고
억만 천만의
힘이 된다네

한 송이 피어나면
일곱 송이가 열리고
억만 천만의
씨앗이 된다네
얼씨구절씨구 좋구나
냇물아 흘러라

산, 흐드러지게 핀
꽃이 수놓은 길
밟으며 다짐한다네
그날의 약속을

시간의 꽃길을 따라

산골 마을로 이사 온 뒤 세 번째 봄을 맞는다. 밭이 들썩들썩한다. 채소를 가꾸면서 덩달아 자라는 잡초의 종류도 달라졌다. 첫해에 많이 보이던 쇠뜨기와 쑥은 사라지고 봄까치꽃과 광대나물같이 작고 귀여운 꽃들이 무수히 번져서 반짝거린다. 거칠고 억셌던 밭이 포근하고 부드러워졌다. 밭도 그렇고 나 자신도 그렇지만 마을 사람들도 똑같이 나이를 먹었다.

옆집에 혼자 사는 시즈 씨는 아흔여덟 살이 되었다. 곧 백 살이 되지만 당연한 듯 밭일을 하고, 우리 부부에게 늘 존댓말을 쓴다. 옆집이라도 시즈 씨가 마음 편히 올 수 있는 거리는 아니다. 우리는 걸어서 이삼 분이면 도착하지만, 시즈 씨 걸음으로는 삼십 분이 족히 걸린다.

어느 날 점심 무렵에 "잔멸치 조림을 만들었는데 먹어 보세요" 하며 현관 앞까지 온 시즈 씨를 보고 깜짝 놀란 적이 있다. 같이 차를 마시며 이야기를 나누고는 "그럼 이만 돌아갈게요"라며 혼자서 돌아가려는 시즈 씨가 걱정되어 따라 나섰다. "앞으로 넘어지면 이제는 일어서질 못하니까 차라리 뒤로 넘어지려고 해요. 조심해야죠." 시즈 씨는 자신의 신발 크기인 20센티미터 정도의 보폭으로 한 걸음씩 걷는다. 한 걸음. 한 걸음. 쉬엄쉬엄. 나와 아내가 양옆에서 손으로 부축하며 경사가 급한 비탈길을 함께 내려간다. 같이 걸으니 시즈 씨의 감각이 나에게 스며 들어서 평소에는 별것도 아니던 비탈길이 두렵게 다가왔다.

대낮에 길을 나섰는데 시즈 씨 댁에 도착했을 때는 해질녘이 되었다. "겨울에는 계속 뜨개질을 해요. 짜고 나서는 풀고, 풀고 나서는 짜고." 장롱 안에서 많은 작품이 나왔다. 알록달록한 귀여운 스웨터와 조끼들. "이제는 입을 사람도 없고 그냥 태워 버려요"라기에 "뭐라고요? 안 돼요. 괜찮으시면 제가 입을게요" 하고는 아내와 스웨터를 한 장씩 받았다. 그날 이후로 매일 입는다. 따뜻하고 고마운 스웨터다.

집에 제일 자주 놀러 오는 아내의 절친 하마 짱도 여든네 살이 된 이후로 무릎이 아파 더 이상 산을 오를 수 없게 되었다. 활기차던 하마 짱도 이제는 "나도 할머니가 됐네" 하고 주름이 조글조글한 얼굴로 상냥하게 이야기한다.

원조 할머니 도우 짱이 길에서 무언가를 하길래 "도우 할머니, 안녕하세요! 아직 좀 춥죠? 감기는 안 걸리셨어요?" 하고 말을 걸자 양손을 합장하듯이 모으면서 반짝반짝 빛나는 두 눈과 생기 있는 목소리로 대답해 준다. "아아 고마워어~ 항상 말도 걸어 주고." 도우 짱은 마을 입구에 있는 지장보살에게도 반드시 두 손을 모으고 말을 건다. 자연스레 우리도 그걸 따라 하게 됐다.

산골 마을로 이사 와서 처음 만난 때로부터 이제 곧 3년. 모두들 훌쩍 나이가 든 것만 같아서 서글프다.

○

나도 올가을이면 서른일곱이다. 오래전 내가 아저씨라고 여겼던 나이가 됐다. 변함없이 작품을 만들고 발표하지만 전에 비해서 세상사가 덧없이 느껴진다.

'언제까지나 남아 있는', '확고한', '올곧은', '어느 시대, 어느 장소의 누구에게라도 전해지는' 작품이 있다고 굳게 믿어 왔는데, 받아들이는 쪽에서는 제각각 완전히 다른 방식으로 수용한다는, 그 지극히 당연한 사실을 이제야 제대로 이해할 수 있게 되었다. 작품을 만든 나조차도 때에 따라서 다르게 느끼곤 하니 내 작업에 조금 더 관대해지고 싶다.

밭일을 하고 나무를 베고 불을 지피며 처음으로 깨치게 된 것들이 있다. 할아버지 할머니 들과 어울리고 마을 집회나 행사에 참가하면서 비로소 알게 되는 것도 있다. 당연한 말이겠지만 사람은 각자 어떤 인생을 걸어 왔는지에 따라서 보이는 것 들리는 것이 전혀 다르다. 말로는 알았지만 정말로 그렇다는 사실에 놀라고 체념하면서 몸소 깨닫기까지 36년이 걸렸다. 검은 고양이가 산책을 가자고 조르기에 함께 따라 나섰더니 뒷산으로 들어간다. 봄이 가까워졌다. 먼 곳에서 휘파람새가 울고 꽃들이 활짝 피어날 때를 기다린다. '봄이 코앞이구나' 하는 예감 속에서 '이영차, 이영차' 조용히 나에게 힘을 보태는 소리가 들려오는 것 같다. "우리들이 함께할게. 마음 내키는 대로 해 봐, 힘을 보탤게! 너만이 할 수 있는 제일 소중한 걸 간직한 채로, 마음껏 나아가!"

◌

흙을 손으로 만지작거리다 보면 흙 속에 와글와글 살아가는 억만의 생명에 나 또한 이영차, 하고 힘을 보태고 싶어진다. 피아노 연주를 들으러 오는 관객들 앞에서는 나의 무언가를 전하기보단, 관객의 마음속에 살아 있는 억만의 생명에 '마음껏 나아가세요!'라고 이영차, 이영차, 힘을 보태고 싶어진다. 그런 생각을 하면 내 안 깊은 곳에서 힘이 솟는다. 나는 언제까지나 이런 생명의 순환 속에 있고 싶다.

피고 지는 축복

산에는 매화꽃이 피고 앵두꽃이 벚꽃처럼 피었다가, 뒤를 이어 하얀 목련꽃이 팡팡 쏘아 올린 불꽃처럼 피었다. 벚꽃, 복숭아꽃, 배꽃, 겹벚꽃도 차례로 순식간에 피고 지고, 흩어져서 날아갔다.

우리 집은 산골짜기 중턱에 있기 때문에 바람이 아래에서 위로 불어온다. 그래서 꽃잎이 져도 바로 흩어지지 않고 새처럼 천공을 날아다니며 꽃잎끼리 섞였다가 사라진다. 밭으로 내려가 보면 자갈색의 두둑한 밭이랑 위로 밤하늘을 가득 메운 별같은 꽃잎들이 떨어져 있다. '휙-' 하고 바람이 불자 눈앞 가득히 벚꽃 잎이 떠올라 춤을 춘다.

그렇지 않아도 사방에 새싹과 곤충과 새 들이 한꺼번에 밖으로 나와서 깜박거리는데, 햇살 속 꽃잎마저 눈부시게 반짝거린다. 마음속 벅찬 감정은 감동을 넘어 몸속 세포까지 떨리는 행복으로 전해져 온다. 꼭 내세를 들여다보는 듯한, 기뻐서 녹아 버릴 것만 같은 슬프고 덧없는 기분이 들었다.

방 안으로 들어와서 창문 너머의 지나치게 아름다운 풍광을 느긋하게 즐기기로 했다. 긴장을 풀자 '훅-' 하고 어딘가로 휩쓸려 버릴 것만 같다.

◌

예전에는 가을 낙엽을 보면서 늙기 시작하는 걸 느끼고, 겨울에 줄기와 가지만 덩그러니 남은 나무의 쓸쓸한 모습에서 죽음을 연상하고, 봄에 밝고 화려하게 피어나는 꽃에서 새로운 생명의 탄생을 보았다. 그런데 올해는 봄꽃을 보며 죽음을 떠올렸다. 그다음 완전히 새롭게 움트는 황록색의 어린잎을 보았을 때 비로소 앳된 생명의 탄생을 느꼈다.

지금부터 초록색 잎들은 여름을 지나며 무성해질 대로 무성해질 거다. 흘러넘치는 태양 빛을 모아서 에너지를 뿌리로 내려 보내기 시작할 테다. 닫히는 시간 겨울이 찾아오고, 빛은 나무 안에서 꽉 응축되어 색과 향기로 다시 태어날 준비를 한다.

이윽고 봄. 색과 향기를 품은 꽃이 된 빛 알갱이들은 1년에 걸쳐서 모으고 키운 그 색을, 그 향기를, 그 영혼이라고 밖에 부를 수 없는 것들을 눈앞에 흩뿌리며 순식간에 머나먼 하늘로 춤추면서 날아간다.

남겨진 세상에는 보드랍고 몽실몽실한 영혼이 새로 내려오는 빛 알갱이를 살포시 안아 준다. 색과 향기, 새로운 노래가 여기저기 가득하다. 이것이 축복이 아니면 무엇일까?

마음에 가닿도록

콘서트에 와 본 사람이라면 알겠지만 내 연주에는 편차가 있다. 처음부터 쓰윽 소리의 세계로 파고드는 때도 있는 반면, 갑자기 소리를 내고 싶지 않은 경우도 있다. 손가락을 움직이면 곡을 연주할 수는 있겠지만 내가 있는 장소와 소리가 있는 장소가 하나로 모아지지 않는다고 해야 할까, 어떤 곳 어떤 것과도 연결되지 않고 무대 위에 그저 덩그러니 놓여 있는 때도 있다. 그럴 때는 솔직히 아무것도 연주하고 싶지 않다.

그래도 그만두지 않고 어떻게든 음악의 모든 소리를 즐길 수 있는 '특별한 감각' 안으로 들어가도록, 억지로 피아노를 쳐 보기도 한다. 잘 안 된다. 바로 멈추고 눈앞의 현실을 직시하면 역시나, 홀로 덩그러니 어두운 무대 위의 피아노 앞에 앉아 있다.

　많은 관객들이 이쪽을 본다. '아, 집이라면 그냥 누워 버릴 텐데. 어쩌나, 이미 무대 위에 올라와 버린 것을. 단지 그뿐이잖아?' 하고 조금 더 힘을 빼보면 이런 생각이 든다. '오늘은 나의 날이 아닐지도 몰라.' 다시금 관객의 시선을 느끼다 보니 어쩐지 이런 걸 연주하면 좋겠다는 기운이 감돌고, 그들과 대화한다는 심정으로 피아노를 치면 기분 좋게 음악이 흘러가기도 한다.

　불가사의하게도 온 정신을 집중해서 연주하는 동안 내 안으로 누군가가 쓰윽 들어오는 때도 있다. 마치 빙의라도 된 것처럼 내가 지금까지 만나 온 사람들의 영혼 같은 게 문득 찾아와서는 여러 표정을 보인다. 그럴 땐 이전에 내게 없던 감정이나 메시지가 내 몸을 통해서 소리가 되어 흘러나오는 것처럼 느껴진다. '모두 내가 지금까지 품어 온 것들이야. 잊었던 것뿐이야. 이런 식으로 마음에 가닿기를 원했던 거야' 하고 내가 울린 소리를 듣고 나서야 비로소 나의 마음과 만나기도 한다.

○

바스락바스락! 눈앞에서 큰 새가 날아올랐다. "저건 들꿩이야. 자, 봐. 알이 일곱 개 있어. 전에 왔을 때는 아홉 개였는데." 하마 짱이 눈을 반짝이며 말한다. "이 일대에 자라는 대나무를 커지기 전에 베어서 넘어뜨리거든. 그때 우연히 발견했어. 내가 보고는 가여워 둥지를 옮겨 놨어." 잘 보니

168

60센티미터 정도 둥지를 끌고 간 흔적이 있다. 들꿩은 아무도 다니지 않아서 눈치채기 힘든 산비탈에 둥지를 틀고 쥐 죽은 듯 조용히 알을 품는다. 우리가 산을 내려오는 동안에도 들꿩은 계속 하늘을 빙빙 돌았다. 들꿩한테 잘못한 것 같다. 그래도 차라리 들켜서 다행이다.

"올라가서 뭐했어요?" 집에서 나온 엣 짱도 합세해서 다 같이 우물가 회의를 했다. 그러는 동안에도 어미 새는 멈추지 않고 하늘을 맴돌았다. "안 봤어요! 알도 안 가져갔고요!"라고 외치면서 안 본 척을 하니까 이윽고 어미 새는 조용히 둥지로 돌아갔다. 그제야 우리도 마음을 놓고 발걸음을 돌렸다.

돌아가는 길에 어디선가 반짝, 길바닥에 낫이 놓여 있고 그 아래 신발이 가지런히 놓여 있었다. 무슨 일이 있었던 거지, 하고 등골이 서늘해지려는데 "내가 여기서 장화로 갈아 신었어. 고마워"라며 하마 짱도 집으로 돌아갔다.

"그 알들 부화했을까?" 열흘쯤 지나 아내가 눈을 반짝거리며 말했다. 슬슬 하마 짱과 함께 보러 갈까 생각하는데, 탁탁탁! 예초기가 돌을 건드리는 소리가 들렸다. "곧 시에서 높은 사람이 사방댐 조사를 하러 올 거라 풀 베는 중이야. 보라고, 위까지 싸악! 곧장 올라갈 수 있어!" 하마 짱은 오늘도 기운차다.

여름같이 무더운 날이라 사 들고 온 단팥 아이스크림을 나눠 먹으려는데 꽁꽁 얼어서 깨물 수가 없었다. "안 되겠다, 녹으면 먹어야지." 하마 짱은 웃으며 다리를 쭉 뻗고 땅바닥 위로 털썩 주저앉았다. 여든넷인 하마 짱과 서른넷인 아내가 까르르 웃으면서 얘기를 나누는데 꼭 초등학교 단짝 친구처럼 보였다.

◌

"준비됐어? 조용히 가야 해." 하마 짱이 살금살금 앞장서서 산에 오른다. 산에서 태어나 산에서 자란 하마 짱은 무성한 풀숲을 거침없이 헤치고 나아간다. "저기야. 저 두 갈래로 갈라진 나무 아래." 전에 알을 보러 왔을 때 어미 새가 깜짝 놀라서 날아오르고, 하마 짱 역시 화들짝 놀라서 움츠러들었다고 한다. 살며시 둥지로 다가가는 하마 짱의 뒷모습. 후후 또다시 깜짝 놀라겠지. 바스락바스락! 아니나 다를까 하마 짱은 잔뜩 움츠러들었다.

둥지 안의 알은 여전히 부화하지 않았고 일곱 개에서 네 개로 줄었다. "무사히 둥지를 떠나는 새가 많지 않아. 그 전에 잡아먹혀 버리고 말지." 아아, 무사히 깨어나면 좋을 텐데. 무사히 둥지를 떠나면 좋을 텐데.

쪽빛의 노래

하늘을 향해 쭉쭉 뻗은 접시꽃이 만개했다. 마을 입구를 언제나 말끔하게 정돈해 주는 유키 씨가 반색하며 우리에게 일러 주었다. "아래부터 순서대로 피지? 꼭대기의 봉오리가 피면 장마가 끝나."

꽃분홍색의 큰 꽃이 꼭대기까지 피어나자 정말로 장마가 그쳤고 매미와 저녁매미가 한꺼번에 울기 시작했다. 강 건너 밭에서 하얀 연기가 피어올랐다. "다즈코 씨가 큰맘 먹고 벌초를 하는 모양인데"라고 중얼거리며 눈을 가늘게 뜨고 살펴보니, 연기 속에서 허리를 굽힌 정다운 사람 그림자가 풀을 긁어모아서 왔다갔다한다. 이런 광경을 만나면 드디어 여름이 왔다고 느낀다.

최근 볼일이 연달아 생기는 바람에 여러 곳을 다녀왔

다. 그중에는 오키나와도 있었다.

○

모든 것이 다 야성적이었다. 우리 집 마당에서 마주치는
민물 게는 손으로 집어 보고 싶을 만큼 조그만데, 남쪽 섬
오키나와에서는 주먹 크기만 한 투박한 게가 어깆어깆 도
로변을 기어다녔다. 일출을 보러 해변으로 갔더니 바사삭
바사삭 하는 간지러운 소리를 내면서 소라게들이 떼를 지
어 바위 위를 기어오른다. 소라게는 분홍색, 연보라색, 연
두색 등등 바다와 육지가 뒤섞인 듯한 형형색색의 멋진 집
을 등에 지고 있다. 그저 생물이 살아 있는 모습을 이렇게
들여다보는 것만으로도 몸속의 세포가 불끈거리며 힘이
솟는다.

　　떠들썩한 바다에서 조금 떨어진 조용한 산속에는 친
구 킷 짱과 동료들이 대를 잇는 쪽 염색 공방이 있다. 거대
한 벵골보리수가 자라는 곳이다. 우리 부부도 쪽 염색을 체
험해 보았다.

○

공방에 도착하자마자 다 함께 땀을 비 오듯이 흘리면서
산쪽풀을 거둬들였다. 400킬로그램에 달하는 잎을 거둬서
물을 가득 채운 거대한 항아리 안에 그대로 밀어 넣었다.
누름돌을 얹어 이틀을 두면 쪽 성분이 잎에서 빠져나와 에

메랄드그린으로 빛나는 쪽물이 된다. 거기에 석회를 붓고 대여섯 명이 둥그렇게 둘러서서 나무 막대로 계속 휘저으면 멋진 쪽빛의 거품이 부글부글 일어난다. 색이 이토록 깊을 수가! 어디까지나 자연에서 얻은 재료만으로 어디까지라도 빨려들 것 같은 복잡한 이 빛깔이 나오다니. 얼마나 많은 시대에 걸쳐서 사람들이 매료돼 왔을까?

곧바로 천을 집어넣어 물들여 본다. 삼 분 정도 담근 뒤에 말리면 생각보다 천천히 은은하게 물이 든다. 그러는 사이 우리도 오키나와 공기에 물들었는지 마음이 느긋해졌다. 자연과 더불어 살아가면 실제로 느끼는 것 이상의 행복이 따라오는지도 모르겠다.

드르륵, 창문이 열렸다. 염색 공방에서 줄곧 살아오신 할머니가 부채질을 하며 땀을 식히는 모습이 눈에 들어왔다. 아내는 방으로 들어가 할머니와 즐겁게 대화했다. "할머니, '쪽의 노래'를 만드셨다면서요? 들려주세요." 그러자 할머니가 대답하셨다. "나가 만든 게 아니랑께. 할아버지가 만들었제. 우리 영감 말이여. 레코드가 있응게 가져올게."

그 모습을 보며 킷 짱이 기대에 차서 말했다. "염색 공방을 이어 온 지도 5년이 되는데, 우리들이 왔을 때는 문을 닫기 일보 직전이었어. 이어받을 사람이 없었대. 그래서 어떻게든 우리들이 물려받으면 좋겠다고 부탁하시는 거야. 그때 할아버지는 입원 중이셨는데 우리가 해도 좋다고 허락해 주시고는 곧 돌아가셨어. 기묘한 인연이지. 요전에 할머니가 '쪽의 노래'를 부를 수는 있다고 하셨지만, 부끄 럼을 타셔서 여태껏 불러 주신 적은 없거든. 대체 어떤 노 래일까?" 할머니는 집 안쪽에서 오래된 레코드 음반을 들 고 나오셨다. 그러고는 레코드 소리 위에 부드러우면서도 야무진 목소리로 노래를 얹기 시작하셨다.

먼 옛날부터 / 쪽이 나는 고향 섬 / 투명하고 맑은
/ 샘물과 함께
물들어가네 / 마음속 깊은 데까지 / 이토록 아름다운
쪽빛으로

역시 평생 오키나와 섬에 살면서 일해 온 분이 쓰신 노래답 다. 땅과 집, 쪽과 시간과 사람이 마법처럼 한데 뒤섞인 노 래다. 노래는 여러 가지를 이어 주는구나. 할머니도 마침내 킷 짱에게 노래를 들려주어 무척이나 기뻐 보였다.

서로 다른 땅에서 서로 다른 세대가 보고 들어 온 것, 느껴 온 것은 모두 다르다. 때때로 서로를 이상하게 느끼는 건 당연하다. 하지만 잠시라도 관심을 갖고 들여다보면 이해 하는 순간이 온다. 내가 가진 생각도 마찬가지다. 상황에 따라 크게 변화하는 스스로의 감정이 낯설게 느껴질 때도 있었다. 하지만 어느 순간 '나'라는 사람은 매사에 웃어 버리는 걸 좋아한다는 사실을 문득 깨닫고 난 뒤, 요동치는 마음도 한결 편하게 받아들이게 되었다.

한껏 심각하고 우울하다가 갑자기 웃기도 하는 이유는 내가 이상해서가 아니라 그 순간 기분이 개었기 때문이다. 노래를 만드는 사람, 노래하는 사람으로서 깊이 가라앉았던 마음이 차차 꽃으로 피어나서, 줄기의 꼭대기까지 활짝 꽃들이 피어나서, 마침내 장마가 그쳤기 때문이다. 우리 마을의 할머니 할아버지 들이 "해냈다, 해냈구먼!" 하고 박수를 치며 기뻐하는 그런 순간이 나에게도 온 것이다.

이제는 나 역시 누군가가 무언가를 이뤘을 때 "해냈다, 해냈구먼!" 하고 함께 박수를 치게 됐다. 꽃이 한 송이 피어나면 무수히 많은 씨앗이 생기는 것처럼.

즉흥 연주처럼

요즘 나는 아침에 눈을 뜨자마자 곧장 밭으로 내려간다. 무와 배추 잎을 우적우적 먹던 작은 애벌레들을 손가락으로 집어내서 꾸욱 누른다. 지금까지의 밭일은 벌레들이 채소를 다 먹어 치워서 그냥 그대로 끝장나 버렸다. 보다 못한 하마 짱이 "얘들아, 불쌍하다고. 채소가"라며 진심으로 슬픈 얼굴을 해서 나도 마음을 바꿔 먹기로 했다. 벌레와 직접 대면하기로.

먼저 잎사귀에 모여 있는 벌레 중에서 거미는 다른 벌레를 먹는 듯하니, 거미에게는 "잘 부탁드립니다" 하고 말을 건넸다. 거미가 살기 좋은 환경이 뭘까 고민하기도 했다. 어찌 됐든 그 무렵부터 좀처럼 기르지 못했던 채소를 조금씩 기를 수 있게 되었다.

가을에 들어서면 봄이 올 때와 비슷하게 자잘한 꽃들이 흐드러지고, 곤충과 나비가 어지럽게 날면서 짝짓기를 한다. 봄과 다른 점이라면 구석구석을 가득 채우는 게 아니라 커다란 여백, 아무것도 없는 공백으로 우리 마음을 기분 좋게 비워 준다는 것이다. 무르익은 열매는 다른 생물에게 오직 씨앗 하나만을 남겨 준다.

작년 가을에 시작한 〈산의 미소〉 콘서트가 좋은 느낌으로 잘 진행되고 있다. 첫해 무대는 노래하고 연주하는 게 전부였는데, 회를 거듭할수록 자발적으로 참가하려는 이가 늘기도 하고 내 쪽에서 참가를 부탁드리는 경우도 있어서 이제는 춤꾼, 북잡이, 그림 연극, 이엉장이의 꽃나무까지 없는 게 없는 큰 축제 같은 무대가 되었다.

살아가는 모습이 바뀌고 또 나이가 들어서인지, 전과는 다르게 '이렇게 하지 않으면 안 된다'는 딱딱한 마음이 사라졌다. '미스 터치'라고 부르는 틀린 음, 즉 쳐서는 안 될 음을 치고만 경우에도 그게 정말로 틀린 건지 잘 모르게 됐다. 인생은 외길을 한결같이 걷는 것이라 믿어 왔던 사람에게도 문득 다른 방향으로 한 걸음을 내딛는 그 순간, 거기서부터 새로운 세계가 활짝 펼쳐지는 법이다.

언제라도 정확하게 똑같은 연주를 해내는 건 그것대로 대단한 능력이겠지만, 나는 단념했다. 틀린 순간이 발화점이 돼서 '이런 것도 가능하구나', '이렇게 해 버리길 잘 한

한 건가' 하고 지금까지 알아채지 못했던 세계로 뛰어드는 편이 내 인생에는 더 잘 맞다. 그래서 연주자 중 누군가가 평소와 다르게 즉흥 연주를 하거나 틀리는 경우에도 '와 이제 어디로 가게 될까?' 하고 가슴을 두근대며 기대하게 된다.

평소 생활도 마찬가지다. 한곳에서 고집스럽게 움직이지 않고 괴로워하기보다는, 한 발 물러나 주변 환경에 흔들리며 마음 놓고 기분 좋게 지내려 한다. 그것이 나 자신과 주변 사람들을 얼마나 편안하게 해 주는지 절실하게 깨달았다.

뭘 하든 간에 해님에게 보여도 부끄럽지 않은 하루하루를 지낼 수 있다면야.

이번 여름에는 매일같이 피아노를 쳤는데 곧잘 매미와 합주를 했다. 매미는 땅 위로 나오면 짧은 생을 산다고 한다. 그렇다면 한 번뿐인 이 여름을 나와 같은 곳에서 살다가 죽는 것이니, 함께 성대한 연주를 해 보자고 생각했다. 도도 도도돗 하고 피아노를 연주하자, 매미도 지지지지 미미미 미미 하고 강력한 답가를 부른다. 내가 분위기를 고조시키면 매미는 키키키키키, 내가 차분하게 연주하면 매미도 히 히히히 하며 곡 전개에 맞춰서 노래하는 법을 바꾼다.

그런데 올해 처음으로 알았다. 지금까지는 매미가 내 연주를 유심히 듣고 피아노 소리에 맞춰서 노래한다고만 생각했는데, 주의 깊게 잘 들어 보니 어쩜, 곡이 전개되기 직전에 매미가 먼저 노래하는 법을 바꾸는 게 아닌가!

시험 삼아서 '여기서부터 고조될 거야'라는 지점에서 일부러 얌전하게 연주했더니 "이건 생각했던 거랑 다르잖아"라고 말하는 듯 일순 매미 울음소리가 그쳤다. 놀라운 일이었다. 이제 보니 내 피아노 소리가 매미를 이끌던 것이 아니라, 매미가 노래하고 싶은 대로 그 기분에 맞춰서 내가 피아노를 쳤던 거다.

어쩌면 나란 사람도 상대가 이렇게 해 주었으면 하는 기분에 맞춰서 그저 '호호' 웃으면 그걸로 충분하지 않을까 생각해 보았다.

○

종종 하마 짱과 같이 밥을 먹는다. 만두를 굽는 게 내 역할이다. "이전번 내 생일에 말이야, 케이크를 먹게 될 줄은 꿈에도 몰랐어. 너희들 생일은 언제야? 너희들 생일에도 케이크 먹자. 그런데 케이크……, 여기서는 구할 수가 없지 참. 그럼 전골을 먹자." 호호, 역시 이것으로 충분하다.

노래를 무척 좋아하는 두 사람은 모임이 있을 때마다
한껏 취해서 손장단을 맞추며 옛 노래를 부른다.
"절로 노래하고 싶어서, 자연히 흘러나오니까 노래하는
거"라며 너무나 즐겁다는 듯이 노래한다. 두 유키 씨는
자기들이 노래를 다 불렀을 때나 다른 사람이 기분 좋게
노래를 마쳤을 때 반드시 "해냈다, 해냈어!"라든가
"됐다, 됐어!"라고 말하며 기뻐한다. 어쩌면 "나왔다,
나왔어"라고 말했던 건지도 모른다. 자기 안의 노래가
나올 수 있다면 그건 경사스러운 일이다. 손뼉을 칠
만큼 기쁜 일이다.

아이 러브 유

'이 별은 우주에서 바라보면 틀림없이 둥글고 푸르디푸른 모습으로 그저 둥둥 떠 있을 거야.' 그런 상상을 일으키는 높고 푸른 하늘 위로 소리의 파동이 느껴지는 구름이 건너 간다. 구름 모양이 무얼 닮았는지 그려보던 여름과 달리, 가을 구름은 어떤 소리를 내면 이런 구름이 될지, 저런 모양의 구름에선 어떤 소리가 날지 호기심을 자아낸다.

⬡

가을의 대축제가 가까워지자 청명하기 그지없는 날씨처럼 마을의 온갖 것들이 소리를 발산하고 활기찬 분위기에 감싸인다. 밤이면 마을 회관에 모인 남자들이 축제 준비에 여념 없다. 아이들에게 제례 음악을 가르치기도 한다.

피리, 작은 종, 큰북과 샤미센. 어릴 적 어른들에게 가르침을 받고 장식 수레* 위에서 연주하던 그 선율을 지금의 아이들이 이어 가도록 물려준다. 제례 음악은 실제로 악기를 연주해 보는 경험을 통해서만 전해질 수 있기 때문에 '가르친다'는 표현이 애매하긴 하다. 악보 같은 것도 있지만 결국 구전으로 전해질 수밖에 없는 이유다.

"장식 수레 위에서 하는 연주란 바로 이런 느낌이야. 이 부분은 조금 더 느긋하게. 어, 아니지! 장단 소리는 더욱 크게! 좋아, 오늘 밤은 여기까지. 이제 놀까?"라는 식의 느슨한 연습을 반복하는 사이, 예전부터 전해져 내려오는 이 고장만의 소박한 축제 음악은 확실하게 완성되어 간다. 아이들의 얼굴 표정도 점점 산의 일부, 자연의 일부에 가까워진다. 말해 놓고 보니 신과 닮은 얼굴인 듯하다.

☽

마침내 다가온 축제 날. 만나는 사람마다 명랑하고 유쾌하다. 같은 산골 마을에서 같은 산의 은총 속에 같은 경치를 보고 같은 물을 마시며 하루하루를 지내 온 마을 사람들. 모두가 한마음으로 이날을 축하한다는 사실이 무엇보다도 감사하다. 아이들도 장식 수레 위에서 올해 들어 가장 빛나는 연주를 들려준다.

느닷없이 "친구! 악수!" 하고 마사시 씨가 눈망울을 초롱초롱 빛내면서 손을 내밀었다. 그 박력에 놀라서 엉겁

결에 "오, 오랜만입니다! 축제네요!" 하고 악수를 하는데 손을 자연스럽게 맞잡지 못하고 그만 어색하게 손아귀에 힘을 줘 버렸다. 그 뒤에도 마사시 씨는 마주칠 때마다 "친구! 오늘은 축제 날! 즐겁구먼! 악수!"라며 손을 내밀었다.

　　예순네 살인 마사시 씨는 옆 마을에 살아서 가끔 마주치는 정도라 서로 잘 모르지만, 만나면 그의 단순한 눈빛에 등줄기가 펴지면서 왠지 필사적으로 마사시 씨를 따라잡고 싶은 마음이 인다. 무엇도 속여서는 안 될 것 같은 기분. 그가 어떤 사람인지 어떻게 설명해야 좋을지 모르겠으나, 신의 모습에 가까운 사람이라고 말할 수는 있겠다.

○

가마를 메는 사내들이 긴장 가득한 얼굴로 신사에 모여들었다. 나 역시 올해도 가마를 메고 싶었으나 며칠 전에 가벼운 수술을 받아서 메는 건 그만두고 응원만 했다.

　　얼굴을 잔뜩 구긴 사내들이 죽을 둥 살 둥 필사적으로 엄청나게 무거운 가마를 몇 번이나 흔들면서 "하나, 둘!" 구령에 맞춰 치켜든다. 어쩌면 저리 씩씩하고 밝을까. 직접 가마를 멜 때는 너무 무거워 쩔쩔매느라 몰랐는데, 밖에서 지켜보니 가슴이 뜨겁다.

　　어느 순간부터 나도 "이영차! 힘내라!" 하고 큰 소리로 응원하고 있었다. 그러자 "우우우어, 이이여어어엉, 차아아아!" 하고 포효하는 듯한 엄청난 소리가 옆에서부터 들려왔다. 마사시 씨가 주먹을 불끈 쥐고 혼신의 힘을 다해서 필사적으로 응원 중이다. 그 옆에서 나의 아내도 함께 "우어어어어, 히이임 내라앗!" 하고 안간힘을 쓰며 큰 소리로 외친다. 덩달아 옆집 히로시 씨가 "어이 캇 짱, 응원하지 않고 뭐해. 나도 간다! 우오오오이, 이여어엉차!" 하고 거친 파도처럼 우렁찬 목소리를 낸다. 젊은 시절 줄곧 가마를 멨던 히로시 씨를 따라 주위의 할아버지들도 우렁차게 외친다. 그때 내 목소리가 어땠는지 잘 기억나지는 않지만 나도 그들을 쫓아서 혼신의 힘을 다해 응원했다.

◌

돌아오는 길에 마사시 씨가 그날 몇 번째인지 모를 악수를 청했다. 역시나 눈망울을 초롱초롱 빛내면서 이번에는 큰 소리로 "아이 러브 유! 아이 러브 유!"라고 외치며 손을 내밀었다. 나도 힘껏 그 손을 잡았다. 단단히 서로의 손을 맞잡았다.

---

*   축제 때 끌고 다니는 화려하게 장식한 수레.

천천히 머무는

섣달그믐날을 앞둔 29일의 이른 아침, 구급차 사이렌 소리
가 골짜기에 울려 퍼졌다. 무슨 일이지, 하면서 눈을 떴는
데 아내가 벌떡 일어나서 잡히는 대로 겉옷을 걸치고 쏜살
같이 집을 뛰쳐나갔다. 나도 서둘러 옷을 갈아입고 쫓아가
는데 여전히 정신은 몽롱했다. 하마 짱, 시즈 씨 그리고 우
리 집을 잇는 비탈길을 달려 내려가니 구급차가 있었다. 하
마 짱의 집 앞이다. 번뜩 정신이 들었다.

　　그러고 보니 며칠 전 하마 짱은 "기분이 안 좋아서 돌
아와 버렸어" 하고 말한 적이 있다. 그때 그녀가 "텔레비전
에서 말하는 노로바이러스일지도"라며 농담 반 진담 반으
로 했던 말을 웃어넘겼었는데 진짜였다. 먼저 와 있던 마사
미 씨와 엣 짱의 말을 들어 보니 위중한 상태는 아닌 듯해서

일단 안심했다.

병원에 갔더니 수액을 맞던 하마 짱이 우리를 보고는 기운 없는 목소리로 "안 돼. 너희는 오면 안 돼. 옮는단 말이야" 한다. 모로 누운 모습을 보고 다행이다 싶었다. 여기라면 쉴 수 있을 테니 말이다. 하마 짱은 근 이 주 동안 잠을 제대로 못 잤다 했고 무척 괴로워 보였다.

평소 하마 짱은 걱정거리나 문제가 생기면 그게 마음에 걸려서 잠을 잘 못 잔다. 이 주 전 오라버니와 약간의 말다툼이 있어서 그 후로는 편히 쉬지 못했다고 한다. 누워 있는 하마 짱을 보며 '이걸로 액땜해서 마음속의 응어리가 전부 녹아 흘러가 버리면 좋겠다'고 생각했다.

설날 밤 퇴원했다는 말을 듣고 하마 짱 집에 들렀다. "걱정하게 해서 미안해. 게라도 먹고 갈래?" 많은 친지들이 모인 가운데 홀가분해 보이는 하마 짱이 웃고 있다.

◌

일본의 포토와ボトウア(먼 옛날 인도에서 전해졌다는 두루마리 그림의 이야기꾼) 히가시노 겐이치 씨가 돌아가셨다. 중병으로 시한부 선고를 받은 건 알았지만, 어떻게든 함께 무대 위에 오르고 싶어서 무리하게 부탁을 드렸었다. 그리고 작년 가을, 〈큰 산의 미소〉 콘서트에서 히가시노 씨는 관객들에게 그림 이야기를 들려주셨다.

병세가 깊었기 때문에 무대 뒤 분장실에 바로 누울 수 있는 자리를 마련해 놓았을 정도였는데, 히가시노 씨는 연습실에 도착하자마자 인사도 간략하게 끝내 버리고는 예정에도 없던 그림 이야기를 본격적으로 시작하셨다. 그때까지 느슨하게 연습하던 다른 연주자와 스태프들이 일순 쥐 죽은 듯 조용해졌다. 히가시노 씨의 목숨을 깎아 담은 기예를 눈앞에서 본 모두의 혼에도 단숨에 불이 붙었다.

바로 지금, 실로 엄청난 것을 목격한다는 생각에 가슴이 뛰었다. 공연 날 무대 위 히가시노 씨의 모습도 말할 수 없이 멋졌지만, 관객도 없고 아무것도 준비된 게 없는 연습실에서 마치 아이처럼 충동을 억누르지 못하고 갑자기 이야기를 시작한 히가시노 씨의 진지한 모습이 가슴속에 새겨져 잊히지 않는다.

◌

쿠르릉!! 거대한 괴물이 벌떡 일어나는 듯한 괴상한 소리가 나서 천장을 올려다봤다. '여기는 집 안이 아니라 괴물의 위 속이었던 거야!'라는 상상에 미치려는 순간, 눈 깜짝할 새 눈사태가 일어났다. 막대한 양의 눈이 쏟아져 내려와 집 주위에 허리께까지 오는 눈 벽을 만들었다. 이렇게 큰 눈이 겨울 끝자락에 내렸다면 진저리를 쳤을지도 모르지만 지금은 겨울의 초입이다. 새하얗게 부푼 눈 이불이 모든 세상을 포근하게 덮어 준 풍경을 바라보며 그저 아름답다고 느꼈다.

수년에 한 번 찾아온다는 혹한 예보가 일찍 떴다. 열흘쯤은 버틸 수 있게 밭에서 채소를 넉넉히 수확했다. 산에서 땔감도 많이 모아 놓고 장작은 바로 가져다 쓸 수 있는 곳으로 옮겼다. 식량도 땔나무도 충분하니 올해는 눈과 씨름하지 말고 태양에 눈이 절로 녹는 그날까지 눈에 갇힌 채로 느긋하게 지내자 마음먹었다. 내리는 눈을 그냥 뒀더니 마을에서 우리 집을 잇는 유일한 도로가 두터운 눈으로 덮여 버렸다. 자동차는 고사하고 걸을 수조차 없다.

"귀댁의 택배를 보관 중입니다만, 죄송합니다. 눈 때문에 댁까지 갈 수가 없겠어요." 집배원한테서 전화가 왔다. 집 밖으로 나가 봐도 눈만 펄펄 날리고 마을 사람의 기척은 완전히 사라졌다. 이따금 새가 날카롭게 울며 날아오르고, 겨우 찾아낸 남천 열매나 벚꽃 봉오리를 물고 떠나 버렸다. 그다음은 정적. 그보다는 텅 빔. 세상 모든 것들과 이어져 있던 끈과 연이 모조리 끊겨 버린 듯하다.

아아, 정말 산속에 홀로 남았구나. 그런데 이런 데서 대체 뭘 하고 싶었더라. 불시에 고독감, 외로움, 막막함이 덮치는 바람에 겨우겨우 나 자신으로 되돌아올 수 있었다. 그제야 안도감이 밀려왔다. 외부로부터 차단되어 신경 써야 할 일들이 줄어서일까, 내면으로 들어가는 길이 쑤욱 열리는 듯했다. 그러자 '올해는 이런 것에 도전해 보고 싶다', '이런 준비를 지금부터 시작하자' 등등 하고 싶은 일들이 한꺼번에 쏟아져 나왔다.

'햇빛이 내려와서 천천히, 천천히…… 쌓인 눈을 녹이네.

오늘은 집 주위 눈이라도 치워 볼까?' 하고 기지개를 켜는데 고갯길 아래쪽에서 왁자지껄한 소리가 들려왔다. "캇짱, 눈 치우러 왔어! 단숨에 길을 뚫어 보지!" 스에 씨네 일가족, 할아버지와 할머니, 아드님과 며느리와 손주까지 굉장한 속도로 눈을 치우면서 올라온다. 손주인 아라 짱과 잇짱은 눈 위에서 휙휙 버둥버둥 자유형으로 다가온다.

　"있지 캇 짱, 알고 있었어? 산에서도 헤엄칠 수 있다는 거!" 하하하, 과연 이 토지에서 나고 자란 강인한 아이들답다. 순식간에 멋진 길 하나가 생겼고 나는 다시 바깥 세계와 이어졌다. 가족이 있다는 건 사람이 모여 있다는 건 좋은 거구나. "그럼 또 봐, 바이바이!" 그들은 미니 트럭에 매단 썰매를 타고 기운차게 되돌아갔다.

　"좋았어! 바깥과 다시 이어졌으니 온천이라도 갈까?" 아내와 자동차에 올라타서 슬슬슬 그러다가 씽씽 고개를 내려가는데…… 덜커덩. 마을 도로까지 나가 보지도 못하고 차가 눈에 막혀서 꼼짝달싹할 수 없게 되었다. 날이 저물며 점점 어두워졌다. 보다 못한 히로시 씨가 "이건 대체 뭔 일?" 하며 삽을 들고 나온 덕분에 같이 자동차를 길가로 밀 수 있었다. "고마워 히로시 씨. 땀을 흠뻑 흘렸네. 슬슬 한잔하면서 쉬어야 할 시간인데, 미안해." "무슨 소리야. 술은 이미 대낮부터 마시고 있었다고, 으하하하."

　차를 두고 집까지 걸어 돌아오면서 역시 조금만 더 집 안에 머무르자고 생각했다. 서두르지 않아도 좋다. 천천히, 천천히 모든 것이 녹아내릴 테니까.

흔한 풍경

질릴 만큼 내리고 쌓인 눈이 드디어 녹아내리고 오랜만에 지면이 얼굴을 드러냈다. 왜소한 아이 같은 풀, 민들레처럼 납작 엎드린 풀은 변함없이 건강해 보인다. 도리어 눈 이불을 덮고 따뜻했던 모양이다. 눈이 없었다면 매일 아침마다 내리는 서리를 고스란히 견뎌야 했을지도 모른다.

아침에 깨어나서 창밖을 보면 창 전체에 멋들어진 고드름이 몇 개나 매달려 있다. 햇살이 비추면 황금빛이 반짝반짝 일렁이면서 산속에도 바다가 있음을 알려 준다.

○

"드디어 녹았군." 알림판을 손에 쥔 히로시 씨가 고갯길을 올라오며 말했다. 히로시 씨는 언제나 말수가 적다. 흔히들 말하는 무뚝뚝한 아버지상으로 그의 박력에 이사 온 초반에는 나도 긴장했었다. 그렇지만 함께 오미네 산을 오르고 목욕탕도 다니다 보니 그는 그저 과묵해 보일 뿐 본래 하고 싶은 말이 많은 사람임을 알게 되었다. 히로시 씨의 말들은 아마도 마음속에 아물아물 연기처럼 떠올랐다가, 문장이 되지 못하고 결국 "응"이라는 한 마디로 집약되어 짧게 끝나고 마는 것이리라.

달리 할 말도 없고 침묵이 어색해서 의미 없는 말들을 재잘재잘 늘어놓아 얼버무리려고 한 적이 있었다. 그러나 당황하지 않고 히로시 씨 주위에 떠도는 공기를 느껴 보자고 생각한 뒤로는, "응"이라는 한 마디에서도 히로시 씨의 깊은 마음에 이는 다채로운 빛깔이 느껴진다.

마을 사람들은 늘 싱겁게 만나고 헤어진다. "그럼." "안녕." "고마워." 작별 인사를 하고 휙 돌아서 그 순간이 마무리되면 뒤돌아보지 않는다. 뒷모습이 점점 멀어져 갈 뿐이다. 작아지는 뒷모습에 대고 "또 봐!" 하고 소리쳐도 반응이 없다. 그래서 나도 인사한 뒤에는 곧바로 기분을 전환해서 나만의 세계로 돌아오게 됐다.

멀어져 가는 뒷모습에서 무언가 중얼거리는 소리가 들릴 때도 있다. 어느 날은 '응? 혹시 배웅한다고 생각하나?' 싶어서 달려갔더니 "이 부근의 나무는 베어 버리는 게 좋겠네. 햇빛을 가려서 채소랑 열매가 안 달릴 걸" 하고 나에게 말하듯 얘기하셨다. "그러게요. 조만간 잘라 볼게요. 그때 자르는 법을 가르쳐 주세요"라고 대답했지만 마을 분은 작별 인사도 없이 그냥 계속 걸어갈 뿐이다. 혼잣말을 했던 걸까, 아니야, 역시 함께 걷는다고 생각한 것 같다. 좌우지간 이런 식이다.

○

혼자 사는 시즈 씨에게 알림판을 건네러 아내와 노래를 부르면서 비탈길을 내려갔다. 뒷마당을 빙 둘러서 현관으로 들어가려는데 어쩐지 인기척이 느껴져서 들여다보니, 집 바깥벽의 조금 패인 틈으로 시즈 씨가 몸을 조그맣게 말듯 웅크리고 들어앉아 뜨개질을 하고 있다. 딱 그 주위로만 노란 햇살이 내려와 시즈 씨를 따스하게 비추었다. 마치 포근한 어머니처럼 집이 시즈 씨를 꼭 안아 주는 듯했다.

"여기에만 볕이 내려오거든요. 요샌 좀처럼 해가 나지 않으니까 날 때 쬐어 두려고요. 뜨개질이라고는 해도 짜면 풀어 버리고, 짜면 풀어 버리고, 좀처럼 나아가지를 못해요." 시즈 씨는 태어나서 지금까지 98년 동안 줄곧 이 집에서 살았다. 그래서 그 자리에 볕이 비추는 걸 잘 아는 거다.

마치 아기처럼 햇볕의 따스한 품에 안긴 시즈 씨의 모습을 볼 수 있어 좋았다. 고개를 숙여서 누군가에게 감사드리고 싶어진다. 특별할 것 없는, 이 마을에서 흔히 볼 수 있는 풍경 중 하나다.

다시 새롭게

봄기운을 머금은 햇살을 쐬며 기지개를 켜는데 언뜻언뜻 개울을 따라 아래쪽에서 걸어 올라오는 사람의 그림자가 보였다. 하마 짱이다. "하마 짱! 아침부터 뭐하세요?" "저기부터 잔가지랑 돌을 말이야, 이렇게 획! 치우고 있어. 폭우가 내리면 막혀서 그쪽 편에서 물이 흘러넘치잖아."

맞다. 두 달 후면 폭포처럼 큰 비가 쏟아질 거고, 뭐든지 휩쓸고 가 버릴 정도의 급류가 밀려온다. 겨울에 눈의 무게를 견디지 못하고 부러진 가지들이 개울 여기저기 처박혀 있어서 문제였다. 큰 물살도 쏴아 하고 흘러가 버리면 괜찮은데 잔가지 등에 가로막혔다 순식간에 넘치니 큰일이다. 강이란 막힘없이 바다로 흘러들지 않으면 안 되는 법이다.

그러고 보니 며칠 전에, 역시 하마 짱이 아무도 손대지 않아서 풀이 무성하게 자란 고갯길을 올라오며 낫으로 풀을 베어 새 길을 만들었다. "예전에는 말이야, 여기에 길이 있었거든. 너희 집에 살았던 마스에 씨가 만들었어. 내 쪼그만 밭에서부터 위까지 쭉. 원래는 변전소 쪽 길을 뚫고 싶었는데 찔레가 자라서 도저히 안 되겠더라고. 어쩔 수 없어서 키위 밭으로 길을 뚫었어. 그러다가 가드레일에 머리를 그만……" 하마 짱은 가드레일 사이로 쓰윽 빠져나오더니 씩 웃는다. "이걸로 너희 집이 더 가까워졌어!"

올겨울에는 큰 눈이 내려서 마을 사람들도 모두 집 안에 가만히 들어앉아 겨울을 나는 것 같았다. 나도 좀처럼 누굴 만나는 일 없이 꾸준하게 시엠송 작업만 했다.

광고 영상에 어울리는 음악 작업은 이전에도 했었지만 이번처럼 아무것도 없는 상태에서 자유롭게 생각할 기회는 그다지 많지 않았다. 보통 젊은 시절에 만든 곡이나 최근 나의 대표곡과 비슷한 음악을 만들어 달라는 의뢰가 대부분이다. 의뢰를 받는 건 그 자체로 기쁜 일이지만 실현하기가 진심으로 어려운 부탁이다. "안 돼요, 안 돼. 그건 어쩌다가 기적적으로 만든 곡이라니까요. 혼신의 힘을 다해서 군더더기를 모두 없앤 결정체 같은 곡이라고요. 그 곡

주변에는 풀 한 포기도 남아 있지 않아요"라며 거절해 버리고 싶은 마음마저 든다.

해 보지 않고는 모른다는 생각으로 피아노를 쳐 봐도 결국 완전히 똑같은 곡이 나와 버린다. 과거의 자신을 흉내 내는 것도 재미없고, 몇 번을 시도해 봐도 새로운 곡은 만들어지지 않고, 지금 무얼 하는 건가 싶어서 포기하기 직전까지 갔다가 다시 힘을 빼고 마음을 고쳐먹는다. 아직 보이지 않지만 틀림없이 어딘가에는 가능성이 남아 있을 거라고. 그렇기 때문에 의뢰가 들어 온 거라고. 답을 찾을 수 있는 사람은 나밖에 없다고 굳게 믿어본다.

○

그때 그 곡은 많은 선조들로부터 바통을 넘겨받고, 또 내 인생에서 일어난 여러 가지 일들, 즉 만났던 사람이나 세상사를 하나로 응축해서 태어났다. 무엇보다 내가 존재하고 내 손을 움직였기 때문에 탄생한 작품이다. 그런 곡을 내 손으로 새로 쓰는 거다. 과거의 자신을 따라 하는 '자기 모방'이라고 말하면 나쁘게 들릴지 모르겠으나, 달리 생각하면 내가 해 왔던 걸 사랑하는 행위이고 그건 진심으로 중요하다고 믿는다.

세상으로 나오면 여러 사람들이 칭찬하고 용기를 북돋아 주지만 누구보다 내가 뿌리 깊은 데서부터 스스로를 위로하고 싶다. '잘했어. 좋아, 이런 표현까지 해냈구나. 그럼 이다음도 내가, 나야말로 해낼 수 있어' 하고 각오를 다진다. 그러면 아무것도 없어 보이던 대지에서 풀과 꽃이 퐁퐁 새싹을 내미는가 싶더니 순식간에 자라난다. 지금까지 보이지 않았던 세계가 이만큼이나 있었던 것에 놀라워하며 신선한 환희로 가득 찬다.

새로운 걸 만든다, 새로운 걸 내놓는다는 건 '다시 새롭게 하다'라는 의미라는 걸 최근에야 알게 되었다. 표현하고 싶은 것은 오래전 아이였을 때부터 변함없이 똑같다. 말하자면 나는 내면의 '반짝이는 빛'을 밖으로 내보여서 사람들이 느낄 수 있도록 하고 싶다. 그게 전부다.

　단지 그것뿐인데도 매년, 매일, 새롭게 도전하지 않으면 가닿을 수가 없다. 전과 똑같은 방법으로 시도하면 절대로 나아가지 못한다. 분명 세상 모든 게 그럴 테다. 길은, 시도는, 다시 새롭게 하지 않으면 안 된다. 이전에 다녔던 길에는 찔레가 자란다.

찰랑찰랑

3월에 솔로몬 제도를 여행하고 집으로 돌아온 뒤에도, 바 닷속에서 찰랑찰랑 흔들렸던 기분 좋은 여운이 계속 남아 있다. 여운이 사라지는 게 아쉬워서 어떻게든 이 감각을 지 닌 채로 일상을 보낼 수 없을까 고민한다. 이런 기분을 제 대로 느낀 여행은 이번이 처음이다.

◌

비할 데 없이 투명한 바다. 뭍에서 내려다 봐도 속이 훤히 들여다보인다. 이게 바다구나. 스노클을 쓰고 물 위에 둥실 둥실 떠서 안을 들여다보자 상상조차 할 수 없었던 형형색 색의 물고기 떼가 눈앞에서 확 흩어져 어질어질하다. 태양

광선이 수천 개의 그물 가닥을 드리운 바닷속. 물빛과 함께 반짝이면서 헤엄치는 아내 곁에 작은 상어가 바짝 다가온다. "저도 마흔 마리 정도 되는 녀석들한테 에워싸인 적이 있었어요. 괜찮을 겁니다"라고 숙소 주인이 말해 준 덕에 당황하지 않고 상어가 지나가는 걸 지켜볼 수 있었다.

근처 바다에는 위험한 게 없다고 들었지만 사람이 살아갈 수 있는 육지와는 달라도 너무 다른 세계다. 발끝이 닿지 않는 곳에서 헤엄을 치는 건 죽음이 연상되어 무섭다. 불현듯 바닷물 색이 짙은 파랑으로 바뀐다. 거기에는 꼭 사람의 뇌나 장기 같은 모양을 한 거대한 산호 무리가 있다. 대체 왜 이런 형태와 색일까. 기괴한 아름다움에 가슴 두근거리며 발을 내려놓는다. 그 순간, 잡아먹히는 건 아닐까 싶은 희한할 만큼 누렇고 거대한 둥근 생물체 위에 발이 닿는다. "으악!" 소리를 지르며 수면 위로 올라오면 바닷속과는 전혀 다른 친숙한 세계, 하늘과 새와 나무가 있다.

오도카니 떠 있는 작은 섬은 걸어서 한 바퀴를 빙 돌아도 오 분이 채 걸리지 않는다. 섬에는 야자나무 따위의 식물이 자라는 것 외에는 우리가 숙박하는 오두막과 관리인들이 지내는 집 한 채가 전부다. 바다 건너편 본섬에 작은 마을이 겨우 보이지만 그곳은 모터보트로도 가는 데만 십오 분은 걸린다. 작은 섬에는 당연히 수도도 전기도 들어오지 않는다. 빗물을 저장하고 전기는 가솔린으로 발전시키기 때문에 무엇이든 최대한 아껴서 사용해야 한다. 배설물은 비료로 만들어서 순환시킨다.

까마득히 먼 나라의 작은 섬까지 찾아와서 스스로를 가둔 공간. 아무것도 할 게 없을 줄 알았는데, 뜻밖에도 반짝반짝 빛나는 잔물결과 색색으로 물드는 드넓은 하늘과 바다를 보는 것만으로 행복하다.

바깥 구경을 마치고 오두막으로 돌아와서 이번에는 '할 게 특별히 없다'는 점에 몸을 맡긴다. 집에 있으면 사람과의 연결도 일도 물도 전기도 끊겼다는 걱정부터 앞설 텐데, 짧게 떠난 여행지에서라도 나 자신에게 공백이 생겨서 기쁘다. 내 안에 커다란 여백이 생긴 만큼 어린 시절의 감성이나 망상을 즐기는 힘이 되살아난다. 오두막은 바다 위에 지어져서 마룻바닥 틈새로 물고기가 헤엄치는 게 보인다. 바다 위에서 잠드는 셈이다. 자장가처럼 부드럽게 이는 물결 소리에 감싸여 있자니 크나큰 어머니 품에 안긴 듯한 안도감이 밀려온다.

달빛 아래서 잠잠해진 바다와 함께 잠들려는데 머릿속에서 '둥둥둥둥' 하는 중저음이 울려 퍼졌다. '도오도오도오' 낮은 베이스 소리도 울린다. 난감했다. 관리인들끼리 파티라도 시작한 건가. 아니다. 창밖에 그런 낌새는 없다. 주위는 온통 깜깜한 바다뿐이다. 아내는 어떤가 흘끗 보니 더위에 잠들지 못하고 괴로워하는 중이다. 이상하네, 환청인가. 이렇게나 평온한 밤인데 기분이 언짢다. 밖으로 나가 보니 바다 건너편 마을이 어쩐 일인지 밝게 빛난다.

눈을 가늘게 뜨고 보았지만 그냥 거리에 등불이 밝혀

져 있는 건지 음악 축제가 열리는 건지 너무 작아서 당최 알 수가 없다. 그러는 사이 아내가 일어났다. "저기, 계속 중저음이 울리는 것 같은데, 들려?" "진짜야. 똑똑히 들려. 마을 쪽인가?" 까마득히 먼 건너편 섬에서 바다를 지나 이런 곳까지 소리가 도달할 줄은 몰랐다.

잠들려는 몸의 리듬보다 훨씬 빠른 템포로 단조롭고 규칙적인 중저음이 반복되었다. 인간도 잠들지 못할 정도니 바다와 바닷속 생물도 참을 수 없을 거다. 그렇지만 로마에 가면 로마법을 따르라고 했고, 저쪽에서는 분명히 수많은 이들이 즐거워하고 있을 것이다. 단념하고 그대로 테라스에 걸린 해먹 위에 누워서 흔들리며 마을과 바다 소리에 귀를 기울인다. 조금 전에 느꼈던 불쾌감은 사라지고 바다의 리듬에 집중하게 됐다. 바다와 섬과 하늘과 생물들의 리듬이 느껴졌다. 한없이 커다랗고, 온화하다.

다음 날, 관리인에게 작별 인사를 하고 마을에서 더 멀리 떨어진 숙소로 향했다. 이번에도 집 두 채가 전부인 조그만 섬이었다.

익숙하지 않은 바다에서 논 탓에 피곤했던 걸까, 갑자기 열이 나고 배가 아팠다. 하루 종일 아무것도 먹지 못하고 잠만 잤다. 남국의 뜨뜻미지근한 공기와 몸속에서 끓어오르는 열이 한데 뒤섞여 멍하고 어질어질하다. 몇 번이고 설사를 해서 머릿속도 몸도 완전히 텅 비었다. 끊임없이 밀려오는 물결이 찰랑찰랑 마룻바닥 아래에서 흔들린다. 거실을 슬쩍 보니 아내가 묵묵히 그림을 그리고 있다.

하느작하느작 바깥으로 나가 보았다. 건너편 섬에 있는 야자나무가 바람에 출렁거린다. 더 멀리 떨어진 섬에는 거무스름한 형체가 바짝 다가와 있는데 저건 틀림없이 비구름이다. 저기 비가 내릴 테다. 먼 데서 바라보면 비는 이런 형상이구나. 흐리터분하게 생긴 거대한 생물체 같다.

바다를 들여다본다. 햇빛이 수면에 반사되면서 반짝반짝 다양한 무늬가 생겨난다. 작게 잘라 보면 자잘한 도형 같고 크게 보면 나선을 그리는 것 같다. 반짝이는 수면 위를 보트가 미끄러지듯이 가로지른다. 마치 하늘을 나는 듯하다. 새가 노래하고 야자나무의 열매가 떨어진다. 바스락바스락 소라게가 물 밖으로 기어 나오고 물고기가 뛰어오른다. 찰랑찰랑 물결은 밀려왔다가 밀려가고, 바삭바삭 마른 잎사귀로 지은 집 지붕 위에서 빗방울이 즐겁게 튀기 시작한다. 상어가 물속에서 빙빙 돈다. 건너편 섬 야자나무는 가만하다.

불현듯 '전체성'이라는 단어가 머리를 스쳤다. 이 단어가 어떤 의미인지 뭘 가리키는지 전문적인 것은 잘 모르지만 '이런 것이 전체성이 아닐까?' 하는 깨달음이 머릿속을 관통했다. 간단히 표현하면 이렇다. '나는 가득 찬 세계 안에 있다. 모든 것이 이미 마련되어 있다. 지금껏 알아채지 못했을 뿐, 미세한 움직임과 형태와 색과 소리로 이 세계는 충만하다.' 언어로 옮기면 단순하지만 그 순간의 경험은 내게 엄청난 충격으로 다가왔다.

이는 필시 타인의 시선이 아닌 자기만의 시선으로 무언가를 보고 느끼고, 그걸 형태로 만들어 남기고 싶은 마음과는 다르다. 남기고 싶다는 생각이 들기도 전에 이미 눈앞에 가득한 아름다운 움직임과 색과 하나가 되어 춤을 추고 싶은 마음에 가까우리라. 바람이 불면 잎사귀가 흔들리는 것처럼 나도 그저 흔들리고 싶을 뿐이다. 조금씩, 한 발자국씩이라도 좋으니 그런 피아노를 칠 수 있다면. 찰랑찰랑 하나가 되어 흔들리는 기분이 참 좋다. 이 기분을 잃고 싶지 않다.

텅 빈 그릇이 되어

솔로몬 제도에서 돌아오고 난 뒤부터 어쩐지 나 자신이 새롭게 느껴져서 아무래도 마음이 붕 뜬다. 어떻게 하면 익숙해질 수 있을까. 새로운 나를 받아들이는 대신 지금까지의 나를 버려야만 좋은 걸까. 인생이란 뭐든지 시도해 보지 않으면 모르는 일이다.

풀이 부쩍 자라서 올 들어 처음으로 풀을 벴다. 며칠 전까지만 해도 긴 겨울을 건너와서 이제 겨우 얼굴을 내민 풀꽃들이 와글와글 생기롭게 흔들리는 모습에 감동 받았는데, 오늘은 지금 베지 않으면 살무사가 있어도 눈치채지 못해

위험하겠다는 생각으로 마음을 바꿔 먹는다.

　닥치는 대로 풀을 베자니 마음이 괴로워서 풀꽃 하나하나와 눈을 맞추고 마음에 새기면서 풀을 베었는데, 그러는 동안 머릿속은 여러 가지 형태와 색을 갖춘 풀꽃들로 가득 차 버렸다. 짧은 시간 동안 단숨에 베어진 생명들이 내 안으로 밀려드는 기분이 들었고, 눈을 감자 방금 전까지 눈을 맞춘 풀꽃 하나하나가 주마등처럼 스쳐 지나간다.

　집으로 돌아와 그대로 피아노를 쳐 보니 무언가가 차례로 지나가는 듯한 연주가 되었다.

○

아내가 논일을 하고 싶다기에 처음으로 논을 빌렸다. 모르면 모르는 대로 여러 사람들의 도움과 가르침을 받으면서 겨우 논바닥에 물을 대는 단계까지 올 수 있었다. 큰 풀장을 만드는 기분이었다.

　논두렁을 진흙으로 바르고 멍하니 땅강아지와 눈을 맞추는 동안 물과 진흙이 사르르 섞여들고 해가 났다. 반드르르한 볕의 치마폭이 먼 쪽 두렁에서부터 펼쳐지고 바람이 일었다. 발밑에는 구름이 흐르고 씨앗에서 싹이 나왔다. 소금쟁이와 개구리 같은 생물들이 난데없이 모여들어서 떠들썩해졌다. 이전까지 이곳에 있던 풀밭과는 완전히 다른 새로운 세계가 태어났다.

　"논일은 진흙 놀이야. 물 조절이 전부라고." 선배님의 말씀 그대로 진흙을 약간만 옮겨도 물이 움직이기 시작하는 게 재미있다. 아침이 되자 빗방울이 떨어지는 소리가 들렸다. 논바닥 물이 걱정되려는 참에 아내가 먼저 작업복으로 갈아입고 휙 뛰쳐나간다. 나는 여유롭게 하품을 하며 뒤를 따랐다. 진흙이 물에 젖어 들면서 소용돌이치고 녹아 천천히 움직여 간다.

집으로 돌아와서 그대로 피아노를 쳐 보니 음과 음이 서로에게 스미는 듯한 연주가 되었다.

○

흥미롭다. 무엇을 하든 간에 예전의 나라면 곧장 사진을 찍어서 그날 바로 인터넷에 올리고 누군가에게 보여 주고 싶어 했을 텐데, 그런 걸 관두니 '지금 느낀 걸 피아노로 쳐 볼까'라는 마음이 인다. 인터넷이 없던 시절의 감각으로 되돌아간 것만 같아 재미있다. 내 마음속에서 일어난 일을 머리를 통하지 않고 그대로 몸으로 받아들이는 감각. 느낀 것을 정보로 바꾸지 않고 자신의 피와 살로 바꾸는 느낌. 무엇보다도 오랜만에 이것도 저것도 피아노로 치고 싶어져서 기쁘다. 세계가 확 넓어졌다.

○

요즘 나는 세상의 '경계'에 관심을 두고 있다. 어느 쪽도 아니며 어느 쪽이라도 되는 경계. 사람인 것 같기도 아닌 것 같기도 한, 낮인 듯도 밤인 듯도 한, 음악인 것 같기도 하고 아닌 것 같기도 한.

솔로몬 제도에서 깨달은 '전체성'이라는 말을 곱씹는다. 물과 물고기와 과일과 따뜻함까지 사람이 살아가는 데 필요한 것이 전부 갖춰진 낙원 같던 섬. 그곳에서 인간 이외의 생물이 그러하듯 인간 또한 자연의 일부로 살아가도 좋다고 느낀 것도 바로 '전체성'에 대한 감각이다. 그 단어 속에서 행복으로 충만함을 느낄 수 있었던 이유는 사실 중요한 건 '아무것도 아니다'라는 걸 어렴풋하게나마 짐작해서다.

텅 비어 무엇이든 담을 수 있는 그릇. 텅 빈 곳이야말로 물이 옮겨가는 길. 물은 아무것도 없는 쪽으로 흘러간다. 홀홀히 자신이 되는 걸 그만두는 순간, 내가 지금껏 망설이고 얽매이던 것들을 내려놓자고 생각한 순간, 자기에게 텅 빈 그릇이 생겨나고 새로운 것들이 흘러든다.

반딧불로 이어진 사람들

"어이, 스에 씨, 조금 쉴까?" 검댕이가 묻어 새까매진 이엉장이* 이쿠야 씨가 부른다. "네에! 일단 아래로 내려갑니다." 한층 더 새까만 스에 씨가 지붕 뒤편에서 불쑥 나타난다. 산골 마을로 이사 온 뒤 보수 공사를 반복해 왔는데, 안채의 뒤편을 쓸 수 있는 공간으로 만들기 위해 드디어 마지막 대공사를 시작했다. 지붕 뒤편에 있던 엄청난 양의 띠**를 이엉장이들이 솜씨 좋게 옮겨 나른다. 친구로 봐 오던 모습과는 완전히 다른, 군더더기 없는 몸짓으로 호흡을 맞추는 그들의 모습을 반쯤 넋이 나간 채로 지켜보았다. 이런 사람들이 아직 일본에 있어서 진심으로 미덥다.

뭐든지 잘하는 한 마리 늑대 같은 일흔두 살의 스에 씨도 오랜만에 젊은 이엉장이들에게 둘러싸여서 즐거워 보인다. "젊을 때는 나라奈良 쪽에도 불려 갔어. 그 시절에는 미장 일만 했는데 절이며 저택이며 아침부터 밤까지 일했지. 부모님은 자세히 가르쳐 주시질 않으니까 그저 하는 걸 보면서 배울 수밖에 없었어. 옆에서는 집을 세우는 목수가 일하고, 전기업자와 상수도 시공업자가 시공을 했어. 그런 사람들이 하는 걸 어깨 너머로 지켜보는 사이에 나도 여러 가지 일을 할 수 있게 됐지 뭐." 미장은 물론이고 집을 세우고 강에서 물을 끌어오고 산에 있는 걸 그대로 가져다가 의자를 만들기도 하고…… 혼자 뭐든지 잘하는 그에게 마을 사람들도 이런저런 일을 부탁하곤 하는데, 늘 아이디어가 풍부해서 모두 놀란다.

이를테면 벽에 작은 장식용 선반을 달고 싶을 때 보통은 L형 꺾쇠로 고정하지만, 스에 씨는 뒷산으로 들어가서 딱 알맞은 모양의 튼튼한 가지를 찾은 다음, 주변에 널려 있는 오래된 널빤지 따위와 짜 맞춰서 눈 깜짝할 새 근사한 선반을 만든다. 재료도 수순도 무엇 하나 숨겨진 것 없이 드러나는 만듦새이기 때문에 오래 보면 어떻게 한 건지 그대로 전해지지만, 처음부터 이걸 생각해 내라고 한다면 누구도 도저히 떠올릴 수 없을 것이다. 생각해 낸다고 해도 똑같이 따라해 보면…… 과연 '정말 대단하다!' 하고 혀를 내두르게 된다. 내 취향에 꼭 맞다. 나도 그런 연주를 하고 싶다.

우리 부부가 지금 사는 집은 안채와 별채로 나뉘어 있는데 마을에서도 유달리 큰 편이다. 원래 살던 분들은 골짜기 땅을 몇 군데나 정돈해서 평지로 만들어 쌀농사를 짓고, 나무를 베어 오고 누에를 친 실로 직물도 짰다고 한다.

우리 부부가 풀을 베느라 매일 땀을 비 오듯이 흘리며 너무 넓다고 느끼는 면적보다 훨씬 더 넓은 땅을 일구었다고 하니 지금과는 풍경도 꽤나 달랐을 것이다. 별채만 해도 많은 사내가 더부살이하며 일하고, 젊은 시절 하마 짱 같은 아가씨 여럿이 모여 덜커덕덜커덕 직물을 짰을 테다.

별채를 음악 스튜디오로 쓰다 보면 문득문득 당시의 왁자한 풍경이 웃음소리와 함께 스쳐 지나간다. 밭에 서 있을 때도 논에 서 있을 때도 옛사람의 모습이 여기저기서 느껴진다. '그때는 땅을 저런 식으로 썼구나' 싶은 장면이 보이는 듯하고, 좋은 일이 생길 때면 그들도 함께 기뻐하는 것 같다.

○

일본의 옛집 대부분이 그런 것처럼 안채의 훌륭한 초가지붕도 수십 년 전에 '손질하기 힘들다'는 이유로 슬레이트 지붕을 덧씌웠다. 옛날에는 주변에 자라는 띠를 베어서 말리고, 또 베어서 말리고, 그걸 몇십 년 되풀이해 가며 바지런히 대량의 띠를 모아서 마을 사람들을 총동원해 지붕을 새로 이었다. 그렇게 소중하게 남겨 둔 지붕 뒤편의 띠들을 보고 이쿠야 씨와 동료들은 "이건 깨끗해. 아직 사용할 수 있을 정도로"라며 띠를 옮기러 왔다. 그런데 꺼내도 꺼내도 끝날 기미가 보이지 않는다. 겨우 다 꺼냈다고 생각할 때부터는 검댕투성이 거적과 대나무가 계속 나왔다. 몇 번이나 빌었을까, 엄청난 양의 부적도 나왔다. 틀림없이 이 집에서 많은 사람들이 살림을 꾸려 왔던 거다. 장 청소라도 하는 양 숙변을 남김없이 제거했다.

문득 지붕을 올려다보니 검댕 가루가 뭉게뭉게 올라간다. 집에 거대한 괴물이 내려앉아 살다가 마침내 떨어져 나와서 승천하는 것만 같았다. "아이고, 나쁜 일은 한 번도 없었지만 말이야, 역시 새로운 사람이 들어왔으니까 교체해야지, 암. 여기서 살던 선조들도 집이 가벼워졌다면서 기뻐할 거야." 이쿠야 씨가 씨익 웃었다.

그날 밤 깨끗하게 비워 몸이 가벼워진 안채에 달빛이 내리는 걸 가만 보고 있으니, 지붕 뒤편에서 하나 둘, 불빛이 떠돈다. "역시 왔구나." 지금까지 본 중 유달리 아름다운 반디였다. 텅 비운 집에 새로운 것이 들어오는구나.

"할머니가 되고 나서는 뭘 키우시기 힘들어진 모양이야. 괜찮으면 받아 줄래?" 아내가 전부터 닭을 키우고 싶어 했는데 마침 아는 분이 오골계는 어떠냐고 연락을 주셨다. 바로 닭장을 마련해서 할머니 댁으로 오골계를 데리러 갔다. "예뻐했지만 내가 몸이 약해져 버리는 바람에. 받아 준다면 기쁘지."

하얗고 보송보송한 여덟 마리의 생물이 집에 들어왔

다. 주위를 둘러보니 이것도 저것도 누군가로부터 이어받은 것들뿐이다. 내 생각이나 손을 쓰기 좋아하는 감각도 누군가로부터 무언가로부터 이어받은 것이리라. 앞으로 나의 생은 또 무엇과 이어질지 기대된다.

* 초가집의 지붕이나 담 위에 얹기 위해 짚이나 띠, 억새 등으로 엮는 이엉을 전문적으로 만들고 설치하는 장인.
** 볏과의 여러해살이풀로 들이나 길가에 무더기로 자란다.

귀를 열면 새로운 소리가

아악, 끄아악, 그르르악아악. 저쪽에서 까마귀가 울길래 소리를 따라 해 봤다. 그 소리 그대로 따라 하려는데 상당히 어렵다. 입을 벌리는 법, 목구멍을 죄는 법, 숨이 닿는 위치. 진짜 바보가 돼서 그냥 까마귀 그 자체가 되려고 집중했더니 끄아아악, 몸속 깊은 데서부터 까마귀 울음소리가 튀어나왔다. 나한테서 이런 소리가 날 줄은 상상도 못했다.

고양이가 냐아냐아, 쓰르라미가 테레히히토토리리리, 이쪽으로 날아드는 소리를 무엇이든 간에 흉내 내어 그대로 되돌려 본다. 진짜로 바보가 되는 수밖에 없다. 지금까지 한 번도 시도해 본 적 없는, 무리라고 느껴지는 지점에서 겁먹지 말아야 한다. 요즘은 이런 무의미해 보이는 일이 가장 재미있다.

솔로몬 제도에서 돌아오고 난 뒤 나름대로 계속해서 '새로운 소리'를 찾았다. 새롭다고 해도 '인류가 들어 본 적 없는 소리'같이 거창한 건 아니고, 지금까지 그다지 주목하지 않았던 소리를 조금 더 제대로 듣고 싶다는 말이다.

일상 속에 귀를 기울여 보았다. 일단 공기 소리가 흥미롭다. 장소에 따라 공기 소리가 다르고 앉았다가 일어서기만 해도 미묘하게 달라진다. 좋아하는 공기 소리가 들리는 곳에서는 마음이 편하다. 눈을 감고 더욱 귀에 의지한다. 지금 있는 장소가 어떤 공간인지, 어떤 것들에 둘러싸여 있는지, 주변에 무언가가 있다면 얼마만큼 떨어져 있는지 등등 많은 것들이 전해져 온다. 눈으로 보던 것과는 전혀 다른 또 하나의 세계가 머릿속에 펼쳐진다.

귀를 연 채로 하루하루를 지내다 보면, 귓가를 스치는 풍뎅이의 날갯짓 소리나 바람이 머리 위를 지나는 소리가 흥미롭고 의미 있게 다가온다. 심지어 사람의 말소리도 그렇다. 의미는 그만두고 소리가 오르락내리락하고, 잠기고 막히는 부분에 주목하면 사람마다 다 다른 소리가 나온다. 생명의 정기라고 불러야 하나? 숨결에 뒤섞여 흘러나오는 한 사람 한 사람의 목소리가 유일무이하게 느껴지며 더욱 마음을 빼앗긴다.

노래나 연주를 듣는 것처럼, 소중한 걸 받아들이는 것처럼, 주위에서 울리는 모든 소리에 집중해 본다. 그러다 보면 소리라는 것은 무언가가 다른 무언가에게 전하는 메시지일지도 모른다는 생각이 든다.

무얼 전하려는 걸까 곰곰 떠올려보면, 어딘가 멀리 있는, 태어나기 전의 기억 같은, 죽어서 향하는 곳 같은, 미지의 세계와 이어진 듯한 기분이 든다. 더해서 흥미로운 소리들은 듣고만 있지 않고 나름대로 따라해 보면 훨씬 재미있다.

사람 몸에는 혈관과 신경이 물줄기처럼 흘러 다닌다. 몸을 새롭게 사용하는 법을 시도하는 건 자기 몸에 새로운 흐름, 즉 새로운 물길을 만드는 것과도 같다. 그런 새로운 길에 신선한 바람이 통한다면 그동안 알아채지 못했던 것들까지 틀림없이 깨달을 수 있게 되리라. 단순하게 표현하면, 귀를 기울이다 보니 새, 식물, 하늘, 바다 등 인간이 아닌 존재와 제대로 대화하고 싶어진 건지도 모르겠다.

귀를 여는 시간이 늘어나면서 나의 귀는 집을 넘어 바깥에서 노래하는 곤충과 새를 따라 산속으로 들어갈 수도 있게 되었다. 그들이 어떻게 이곳저곳에서 살아가는지 왠지 알 것만 같다. 피아노를 치면서도 귀는 산속에 둔다. 내 피아노 소리가 그들에게 조금이라도 흥미로운 소리로 느껴지면 좋겠다.

아직 시도한 적 없는 소리를 두려움 없이 내 본다. 그러고선 산속의 그들과 함께 듣는다.

마지널리아

기이하게도 솔로몬 제도에서 돌아오고 난 뒤부터 손에 잡히는 책마다 '마지널리아'Marginalia라는 단어가 적혀 있다. 당연하게도 전부터 책을 읽다 보면 지금 관심 있는 것, 지금부터 해 나가고 싶은 것들이 눈에 잘 띈다. 매번 그런 엮임과 이어짐이 아주 흥미롭다. 요새는 이유 없이 집어 든 오래된 책을 무심코 펼쳐 봐도 마지널리아, 새로 산 책에도 마지널리아가 문득문득 적혀 있다. 경우에 따라 '마르지넬리아'이거나 'AD MARGINEM'이기도 하지만 여하튼. 이건 무언가로부터의 메시지일까? 아니면 나의 직감이 그렇게 만드는 걸까?

마지널리아는 '글 주변의 여백에 끼적인 메모'를 일컫는다. 지금 당신이 읽는 이 글도 누군가 읽을 것을 전제로 쓰였지만, 본문에 쓰이지 못한 상념들이 분명 존재한다. 그것들은 머리 주위를 몽실몽실 다니다가 사라져 버린다. 어떻게 해도 잡히지 않는 도넛의 구멍 같은 것이라고나 할까.

여백에 끼적인 메모, 누군가에게 보여 주기 위함이 아니라 미래의 자신에게 부치는 메모. 아니, 미래의 자신이 다시 한 번 볼 거라는 생각조차 하지 않고 그냥 거기 있는 여백에 써 갈긴 돌발적인 기록. 이를테면 자신의 무의식과 놀았던 자리에 남은 향기 같은 것인데, 누군가에게 보여 주기 위한 행동이 아니기에 순수하고 풍성하고 흥미롭다.

마지널리아라는 말의 울림도 좋다. 변화무쌍한 색이나 물에 흠뻑 젖은 이미지가 떠오른다. 솔로몬 제도에서 경험했던 전체성도 생각난다. 이렇게 나는 완전히 마지널리아라는 말에 사로잡히고 말았다.

이런 연유로 최근 몇 개월 동안 마지널리아 피아노 연주에 몰두하고 있다. 피아노 주위에 마이크를 몇 대나 설치해서 불현듯 피아노를 치고 싶은 기분이 들면 스위치만 켜고 녹음할 수 있게 해 두었다.

의자에 앉았을 때 집중해야 하는 부분은 지금 머릿속

에 떠오른 멜로디겠지만, 그걸 조금 자제하고 귀를 기울인다. 공기 소리가 감지되고, 밖에서 새와 곤충이 노래하고, 오골계가 울고, 바람 소리가 들린다. 비행기가 머리 위를 지나가고, 태양이 저물면서 대기가 오렌지 빛으로 물드는 바로 지금. 여기 있는 모든 것들과 어우러질 수 있도록 가볍게 연주해 본다.

수채화 물감처럼 소리가 스며든다. 귀를 기울인다. 새도 곤충도 바람도 빛도 그림자도 무엇이든 절묘하게 균형을 이루며 하나의 세계를 만들어 낸다. 서로가 서로의 소리를 잘 들어 주는 걸까, 잘 어우러지는 걸까.

홀로 완결된 것 따위는 이 세상에 없다고 믿게 된다. 무언가가 연주하고 움직이고 색을 띠면 거기에 살며시 응답이라도 하듯, 다른 무언가가 연주하고 움직이고 색을 띤다. 그곳에는 빙글빙글 도는 순환이 있기 때문에 활기 넘치지만 온화하다. 이쪽에서 연주하고 싶다고 멋대로 소리를 내 버리면 그 순간 소리는 흩어지고 정적이 흐른다. 반대로 이쪽에서 상대방의 소리를 잘 들으려고 하면 할수록 자연은 더 잘 노래한다. 그러다 보면 마침내 여백이 눈에 들어오고 내가 연주해야 마땅한 소리를 절로 알 것만 같다.

○

'Marginalia'의 'Margin'에는 '가장자리, 끝'이라는 의미도 있다. 사람이 품은 세계의 경계선을 느슨하게 풀어서 더 이상 가까이 갈 수 없는 그 끝까지 상대에게 다가가자. 동물과 식물에게 다가가자. 하늘과 물에 다가가자.

남미 선주민의 피를 이어받은 어떤 사람이 말했다. "물이 흐르는 소리에 귀를 기울입니다. 또르르르 이런 소리도 나고요, 튜튜튜, 큐우큐우 같은 소리도 나죠. 수십 종류의 소리가 있습니다. 하나하나 신중하게 소리를 듣고 구별한 뒤에 이번에는 그것들을 오케스트라 소리처럼 하나의 덩어리로 들어 봅니다. 그렇게 하면 물이 노래하는 줄 알게 되지요."

반년 전부터 이런 식으로 피아노를 연주해 왔는데 집 주위를 둘러싼 그들의 세계와 뒤섞이는 감각이 정말로 신선하고 재미있다.

보통의 경우 연주할 때 눈을 감아 버리지만, 요새는 그러지 않으려고 주의한다. 분명 눈을 감으면 소리에 오롯이 집중할 수 있으니 내가 원하는 대로 연주할 수 있어 즐겁다. 하지만 눈을 뜨면 앞에 현실이 있고, 그 안에서 상상 이상으로 작은 나를 만날 수 있다.

작은 생명인 나의 소리는 어디에 가닿을까, 어떤 파동을 일으키며 무엇을 싣고 갈까, 어떻게 그들을 조금이라도 즐겁게 해 줄 수 있을까 생각하게 된다. 그러다 보면 함께 세계를 만들어 가는 듯한, 같은 시간에 함께 소리를 냄으로써 하나의 세계를 잉태하는 듯한 기분이 든다. 일이 잘 풀리는 날 맛볼 수 있는 행복이다.

연주가 끝난 뒤에는 누군가에게 기도를 올리고 싶어져 두 손을 모은다. 녹음 파일은 그날 그대로 인터넷에 올려서 누구든지 들을 수 있게 나눈다. 나 자신을 위해서 연주하는 거라 남몰래 간직해도 좋을 테지만, 그래서 더욱 아무것도 신경 쓰지 않고 가뿐하게, 어딘가에 가닿으면 그것만으로 재미있을 거라고 생각하면서, 우주인이 듣는다면 알아주지 않을까, 하는 심정으로 말이다.

어젯밤에는 가을의 풀벌레들과 함께 차분하게 연주해 봤다. 마지널리아, 경계, 틈, 물, 마법, 미래. 이런 연주를 1년이 한 바퀴를 돌 때까지 이어 나가면 나의 음악은 어떻게 변해 있을까.

문득 나오는
_____ 하나하나
_____

매미가 울기 시작한다. 쓰르라미도 운다. 날마다 온갖
생물들의 기척이 어디선가 다가와서 어디론가 되돌아
간다. 계절을 한 바퀴 빙 돌고 나서 무엇을 해냈는지
무엇을 만들었는지 묻기보다는, 하루하루 즐거웠는지
하나하나와 관계 맺을 수 있었는지 묻는다.

생명의 빛

"그 오빠가 죽고 말았어." 하마 짱이 큰 목소리로 또렷하게 말했다. 오라버니 고사쿠 씨가 아침에 돌아가셨단다.

◯

"대장, 어디 가는고?" 차를 타고 시내로 나가려고 할 때면 고사쿠 씨와 자주 마주쳤다. "장 좀 봐 오려고요. 뭐 필요하신 거 있으세요?" 차창을 내리면서 대답하면 고개를 저으며 "아니. 그보다도 대장, 오이 가져가시게." 고사쿠 씨는 거대한 오이가 잔뜩 담긴 봉지를 건넸다. "내 밭에서 얼마든지 가져가도 좋아. 내가 잘 키워 두니까. 원하는 때 원하는 만큼 가져가라고." 이렇게 자주 말해 주었다. 그리고 어째서인지 언젠가부터 나를 '대장'이라고 부르는데 그게 뭔가 자랑스러워 보였다.

고사쿠 씨가 혼자 사는 집은 늘 정돈되어 있다. 산도 밭도 어떻게 이 정도로 깔끔할 수 있을까 궁금할 만큼 눈에 띄게 아름다운 울타리가 둘러져 있고 예초도 철저하다. 허리를 곧게 펴고 헌팅캡을 눌러쓰고 작업복을 말쑥하게 차려 입은 모습은 그야말로 유럽의 농부처럼 멋져 보였다. 홀쭉한 얼굴이 어딘가 내 할아버지와 닮은 듯도 하고 웃으면 금니가 번쩍거렸다.

고사쿠 씨는 늘 현관 앞 의자에 걸터앉아 맛을 음미하는 얼굴로 맥주를 마셨다. 내가 가까이 가면 쉰 목소리로 "대장, 맥주 마실 텐가?" 하고 씨익 웃으면서 맥주를 내밀곤 했다. 그럼 올해는 어떤 채소가 흉작이다, 모르는 차가 마을 뒤편으로 들어가던데 대체 누구려나, 누이 하마코는 건강한가, 너희 부부는 건강한가, 고사쿠 씨 본인은 건강한가 등등 소소한 이야기를 먼 산이나 하늘을 바라보면서 나눈다.

현관 바로 옆에는 손 씻는 장소가 있다. 산에서 끌어온 물이 퐁퐁 흘러넘치는 곳이다. 풍요롭고도 기세 좋은 모습이 고사쿠 씨를 닮았다.

◌

2년 전쯤부터 고사쿠 씨는 가끔 "죽을 준비를 한다"고 말했다. 가늘고 아름답게 쪼갠 장작을 한껏 쌓아 놓고 "내가 죽으면 장례식장에서 밥을 지을 때 필요하겠지"라고 얘기하는 식이었다. 요즘 같은 시대에는 필요 없어 보여도 옛날 사람처럼 자기 인생을 매듭짓는 일 중 하나로 생각했다.

아흔 살이 되었다고 말은 해도 늘 나보다 몇 배씩 더 일하는 모습을 보아 왔기에 가볍게 넘겨 버렸는데, 어느 날부터 고사쿠 씨는 주위를 정리하고 있었다. 정원 나무들도 손이 닿는 높이까지 베어 한편에 쌓고, 필요 없는 물건도 속속 처분하는 듯했다.

그즈음부터 고사쿠 씨는 조금씩 기운이 쇠하고 갑자기 귀도 잘 들리지 않는지 매직펜으로 큼지막하게 '큰소리로'라고 적은 종이를 현관 앞에 붙여 놓았다.

무더운 여름날, 마을 사람들이 다 같이 풀베기를 하는데 고사쿠 씨가 밭에서 손을 흔들고 서 있었다. 나도 웃으면서 손을 흔들자 고사쿠 씨는 천천히 이쪽을 향해서 다가왔다. 정말로 천천히, 천천히 다가왔기 때문에 곁으로 가서 부축했다. "무슨 일이에요?" 하고 묻자 고사쿠 씨는 "도와주려고"라며 낫을 휘이 들어 보였다. "아니, 아니에요. 괜찮아요. 쉬엄쉬엄 계세요. 젊은 사람들끼리 힘내서 할게요." 왠지 걷는 게 힘들어 보여서 쉬게 하려고 어깨를 살짝 감쌌는데 그의 몸은 생각보다 훨씬 왜소했다. 그때까지만 해도 내 멋대로 괜찮다고 여겨왔지만 '고사쿠 씨 정말 괜찮은 걸까'라는 염려가 처음으로 들었다.

마을 사람들도 고사쿠 씨 곁에 둘러앉아 화기애애하게

이야기를 나눴다. 고사쿠 씨는 "아니야, 나도 일할 수 있어. 우리 집 밭일도 내가 한다고"라고 눈을 반짝이며 말했다. 우리는 "고사쿠 씨가 쓰러지면 일감이 늘어나니까 안 돼요" 하고 따뜻하게 웃으면서 대답했다. 그러나 그때 모두들 알아차렸던 것이리라. 다 함께 고사쿠 씨와 발을 맞춰서 해질녘 금빛으로 물드는 길을 천천히 천천히 걸었던 그 순간이 따스하고 정다운 마을에서의 마지막 추억이 되리라는 사실을.

○

반년 전, 고사쿠 씨가 집에서 넘어지는 바람에 입원을 했다. 병문안을 가서 "다카기입니다"라고 인사했는데 못 알아보는 듯했다. 어쩌면 좋을지 곤란해 하다가, 문득 그동안 '대장'이라고만 불리고, '다카기'라는 이름은 써 본 적이 없다는 데 생각이 미쳤다.

"고사쿠 씨, 매일 뭐 하고 지내세요?" 하고 묻자, "매일 경비를 서. 베란다에 나가서 수상한 사람이 들어오지 않나, 보고 있지. 진짜라고." 또다시 진지한 얼굴로 대답했다. 대수롭지 않은 농담이려니 싶으면서도 걱정이 되었다.

생각해 보니 고사쿠 씨는 집 앞에 의자를 두고 앉아서 누가 마을로 들어오는지를 살피곤 했다. 고사쿠 씨는 병원에서도 정말 경비를 섰구나. 우리가 깊은 산속 마을에서 안심하고 지낼 수 있었던 건 고사쿠 씨 덕분이었다.

고사쿠 씨가 마을로 돌아왔다. 집 안으로 들어가자 꽃으로 둘러싸인 얼굴이 보인다. 눈에 익은 고사쿠 씨였다. 마을에 고사쿠 씨가 있으니 마음이 놓였다. "눈을 감은 모습은 처음 봤어." 아내가 운다.

문득, 병아리 피요의 모습이 고사쿠 씨와 겹쳤다. 며칠 전 집에서 기르는 오골계가 병아리 두 마리를 낳았다. 그중 한 마리가 태어날 때부터 상태가 조금 안 좋았는데 그래도 있는 힘껏 울면서 열심히 뛰어다녔다. 생명의 빛이 반짝이는 피요를 매일 만나는 게 즐거웠다. 이제부터라고 기대에 부풀었다. 그런데 단 며칠 만에 세상을 떠나고 말았다.

주변에 자라는 꽃을 따서 피요와 함께 땅 속에 묻어 주었다. 눈을 감은 피요와 꽃들과 흙이, 왠지 모르게 진심으로 아름답게 느껴졌다. 생명은 진심으로 아름답다고 생각했다. 피요가 없어서 쓸쓸해졌다. 풀벌레가 울거나 작은 새가 노래하면 피요일지 모른다고 진지하게 뒤돌아보게 된다. 피요가 사라져서, 피요가 어디에나 있게 되었다.

고사쿠 씨에게 작별 인사를 하고 집 밖으로 나오니 하마짱도 따라 나왔다. "고마워. 올해는 언니도 떠나고 형제 모두가 떠나 버렸네. 병원이든 어디든 있다는 사실만으로도 좋았는데. 쓸쓸해졌어. 진짜로 쓸쓸해. 모쪼록 잘 부탁할게." 그렇게 말하고는 살며시 미소를 지었다.

언젠가 하마 짱이 해 줬던 것처럼 나도 하마 짱의 등을 쓰다듬었다. 등이 조그맣다. 하늘을 올려다보았다. 높고, 구름이 흘러가고, 산이 있고, 마을이 있고, 아아, 어디에나 고사쿠 씨가 있구나.

숨을 쉰다, 심장이 뛴다

나무들이 엄청난 수증기를 토해 내면서 주변 일대가 희뿌연 안개에 잠기는 아침이 이어졌다. 안개가 산을 느릿느릿 휘감는 모습이 마치 하얀 용 같다. 하얀 용이 몇 마리는 승천했을 무렵, 문득 하늘에서 바람을 타고 빙글빙글 기분 좋게 춤을 추는 것들이 있다. '마지막 잎새들, 허공에서 춤추다.' 그렇게 하루를 가을로 기억해 두려는데 또 다음 날은 지나치게 밝은 볕이 내려와 마치 봄 같았다. 진짜 봄으로 착각했는지 수많은 무당벌레가 거짓말처럼 반짝이며 어지럽게 날아다녔다.

그런 날도 있었다. 아내가 '눈벌레'라고 이름 붙인 자잘한 눈송이들이 벌레처럼 둥실둥실 아래에서 위로 날아올랐다. 이런저런 날 중에서도 가장 기뻤던 날은 여우비가 내려서 세상 천지에 무지개가 걸린, '지금 있는 여기가 극락'이라고 느꼈던 날이다. 아침밥을 먹으며 매번 같은 자리에서 같은 창으로 내다보는 풍경이지만, 가을과 겨울 사이에도 더없이 세세한 계절들이 펼쳐진다.

○

앗, 하마터면 이나리稲荷 신*의 당번 일을 잊을 뻔했다. 매월 말 마을의 산꼭대기에 있는 신사를 청소하러 올라가야 한다. 뒷박에 물을 가득 채워서 갈퀴와 빈 쌀자루를 손에 쥐고 산으로 들어간다. 올라가는 김에 수북이 쌓인 낙엽을 쓸면서 길을 만들어 간다. 삼나무 잎은 난로의 불쏘시개로 사용할 수 있기 때문에 쌀자루에 가득 담아서 지고 돌아온다.

산에 낙엽이 있는 건 자연스러운 일이지만 청소로 말끔한 지면이 드러나면 그 길은 보통의 '산길'이 아니라 참배 길을 의미하는 산도参道가 된다. 그런데 아기가 태어나는 길 또한 산도産道**라고 부르기 때문일까. 산에 떨어진 잎사귀를 청소할 뿐인데, 몸속까지 정화되는 기분이 든다.

꼭대기에 도착해서는 신사 주위를 말끔하게 정돈하고 탁탁 손뼉을 친 뒤 합장한다. 이나리 신께, 기온祇園*** 신께, 신사를 한 바퀴 돌면서 시카쿠라산鹿倉山에, 봄날의 신께 인사를 드린다. 깨끗하게 쓸고 나서 걸레질까지 마친 공간은 허공을 통과하여 하늘까지 맞닿아 있는 듯하다.

마을에 아기가 왔다. 너무도 작은 갓난아기를 품에 안아 보았다. 아직 또렷하게 보지 못하는 작은 눈동자. 무얼 듣는지 궁금한 작은 귀. 후 하고 옅은 숨을 토해 내는 작은 입. 새빨갛던 얼굴색이 원래대로 돌아가려는 찰나에는 빙긋 웃는 것처럼 보이기도 한다. 이 작은 손가락으로 무얼 만들게 될까.

오랜만에 나의 어릴 적 사진을 꺼내 봤다. 아버지께 안겨 무심한 표정을 한 작디작은 내가 있다. 다들 이 아기가 피아노를 치고 글을 쓰게 될 줄 몰랐을 거다. 불가사의한 일이다.

우르르르, 우지끈. 무거운 소리가 안채 지붕에서 굴러 떨어졌다. 눈이 벌써 잔뜩 내렸다. 창밖으론 거품처럼 몽실몽실한 눈이 잎을 모조리 떨군 나뭇가지들을 감싸듯 덮었다. 마치 언젠가 바닷속에서 본 산호초 같다.

키가 큰 풀들은 한겨울 추위를 버티지 못하고 사라지지만, 눈이 와도 민들레처럼 땅에 붙어 뻗어 나가는 풀들은 생기 있게 살아남는다. 게다가 그런 풀들은 빨강, 노랑, 초록 등 유달리 알록달록한 색깔을 띠기 때문에, 눈이 녹을 때 그 위를 걷다 보면 바닷속이라고 착각하게 된다. 산에 있는 건지 바다에 있는 건지 알 수 없는 멍한 정신으로 미래를 그리기도 한다.

겨울의 잠잠하고 고요한 날들이 길어지면서 바깥 소리

보다 내 안의 여러 가지 소리를 듣는 시간이 늘었다. 어느 것이나 다 작게 속삭여서 귀를 기울여야 한다. 숨을 쉬어 본다. 심장이 뛰고 있다.

○

마을 남자들끼리 모여서 술을 주고받았다. "캇 짱, 마을 부흥 운동이라든지 그런 걸로 애쓰지 마. 여기서는 괜찮아. 이곳만은 예외로 둬도 괜찮지 않겠어? 무슨 말인지 알지? 지금 여기에 있는 우리들이 기분 좋게 하면 돼. 기분 조오케 매일매일 해 나가는 게 최고지."

맞다, 기분 조오케, 나 자신이 기분 좋게 해 나가면 그만이다. 매일 아침 눈 뜰 때마다 정말로 새로운 아침이라는 걸 알아챌 수 있다면, 나 자신을 기쁘게 해 줄 수 있다면, 극락은 눈앞에 있다. 하마 짱이 입버릇처럼 하는 말 "있으니까." 그래, 있으니까. 전부 이곳에 있으니 말이다.

* 일본 신화에 나오는 벽의 신.
** 앞의 산도参道와 뒤의 산도産道 모두 동일하게 일본어로 산도さんどう 라고 읽는다.
** 다양한 신들이 모셔진 신사. 같은 이름으로 일본 전국에 약 삼천 여 개가 있다.

다정한 게 좋아

여우비가 이어졌다. 활짝 갠 푸른 하늘에 금방이라도 눈으로 변할 것 같은 커다란 빗방울이 반짝거리면서 허공을 날아다녔다. 이런 날씨라면 어딘가에 무지개가 걸려 있을 듯해서 이쪽 산으로 저쪽 하늘로 고개를 돌려 보아도 무지개는 눈에 띄지 않았다.

○

올겨울에는 큰 일감을 맡아서 매일매일 피아노 앞에 앉아 작곡을 이어 가는 중이다.

　누군가로부터 음악을 만들어 달라는 부탁을 받으면 기쁘면서도 역시 매번 두렵다. 의뢰를 받고 무언가를 만들어 내야 한다는 건 지금껏 생각해 본 적 없는 세계관과 단번에 맞닥뜨리는 일로 돌연 망망대해에 홀로 내던져지는 기분이다. 하늘인지 땅인지 어디가 어딘지 알 수 없게 되는 일도 있다. 내가 과연 해낼 수 있을까 두렵기도 하지만 분명히 내가 할 수 있는 일이기에 누군가가 진지하게 부탁한 거라고, 내가 해낼 수 있는 일이니까 나에게 찾아온 거라고, 마음 깊은 데서 믿으려고 노력한다.

◌

음악을 말로 표현하는 건 어려운 일이지만 대화를 주고받으며 함께 같은 풍경을 향하여 서서히 다가간다. 제대로 회의를 열어서 의사를 나누는 경우도 있고, 메일이나 전화로 소통하거나 식사 장소로 가는 도중에 나눴던 말이 핵심이 되는 경우도 있다. 그렇기 때문에 그 순간 바로 이해가 가지 않더라도 흘려버리지 않고 마음속에 새겨 두곤 한다.

내 경우에는 왜인지 '말'이 진짜로 중요하다. 열쇠가 되는 말이 몇 개만 모여 주면 그걸로 단숨에 문이 열린다. 불가사의하게도 말이 문을 열어 준다. 문이 열리지 않을 때는 말이 부족하다고, 아직 말을 찾지 못한 거라고 느낀다.

예를 들면 좀처럼 정답을 찾지 못하고 도중에 멈춰 버린 듯한 순간, "전에 〈아이 엠 워터〉I am Water라는 곡을 쓰셨죠. 이번에는 〈아이 엠 윈드〉I am Wind일지도 모르겠네요"라는 말을 들었는데 지금까지 몇 번이고 의논해서 쌓아 올린 풍경이 와르르 무너지고 순식간에 새로운 곡이 탄생했다.

한 마디 말에 지나지 않는데 말이다. 그때까지도 '바람'이라는 단어는 회의 중에 여러 번 나왔고, "바람을 표현해 주길 원한다"고 몇 번이나 들어왔지만 그 말로는 나아갈 수가 없었다. 그런데 "당신이 바람이 되길 원한다"라는 말을 듣는 순간 내 안에서 불쑥 솟아오르는 게 있었다. '나는 바람', 그 한 마디에 내가 무엇을 만들어야 할지 잘 알게 되었다.

때때로 "다카기 씨답게 해 주시면 됩니다"라는 말을 듣는데 아주 난감하다. 사실 나다운 걸 아는 일이 가장 어렵기 때문이다. 지난 10년간 여러 작품을 거쳐 왔고 세상을 향한 시선과 생각도 그때그때 달랐다.

과거를 되돌아보면 여러 가지 모습의 내가 있기에 어느 게 '나다운 나'인지 정말 헷갈린다. 그러면서 또 지금 새롭다고 느끼는 것, 지금부터 해 보고 싶은 일, 신선한 기분 등을 전면에 내세워 곡을 만들고자 한다. 그건 알 수 없는 미래를 향해 한쪽 발을 내딛는 것과 마찬가지라, 소리가 멀뚱멀뚱해지거나 멍하니 넋을 놓을 때도 있다. 이런 때에 상대는 한술 더 떠서 말한다. "언제나처럼 다카기 씨답게 해 주시면 되는 건데……." 점점 악순환에 빠진다.

'나다움'을 생각하는 것 따위 좋아하지 않는데. 아니 잠깐, 어쩌면 '나다운' 게 있을지도 모른다고, 글을 쓰던 손을 멈추고 머릿속을 정리해 본다. 멜로디와 리듬이 담긴 곡조에 '-다움'이 드러나는 것일까? 정확히 알기는 어렵지만 '내 안에서 일어나는 일'이라고 한다면 어떤 공통된 감각이 있기는 하다.

진심으로 '좋은 곡이 태어난다'는 확신이 들 때는 매번 하나의 원천에서 솟아나왔다는 느낌을 받는다. "고맙습니다" 하고 고개 숙여 인사드리고 싶어지는, 다정한 '그곳'에 내 마음이 들어가면 손가락을 통해서 입을 통해서 스르르 음악이 흘러나온다. 내 안에서 일어나는 일인지라 누구에게도 이해 받을 수 없겠으나, 내가 의지할 수 있는 '나다움'은 마치 물이 솟아나는 샘같이 부드러운 그곳에 가닿는 감각인지도 모른다.

신앙심과 비슷한 걸까. 내가 무척이나 작게 느껴지는 거대한 곳, 그러나 왠지 모르게 아늑한 공간. 그곳에서 생명이 시작되고 모든 게 이어져 있는 듯한 느낌을 받는다. 두둥실 부푼 다정한 그곳에 언제 어느 때고 들어갈 수 있는 건 아니다. 무지개 기슭이 실제로 있다면 그런 시공간일 거다. 아무튼 다정한 게 좋다. 그것만은 늘 잊지 말자.

"아직도 열심히 공부하냐?" 하마 짱이 창문 너머로 작업실 안을 들여다보고 있다. 엷게 웃으면서 "그렇죠. 이것도 아닌데 저것도 아닌데 하면서 매일 딩동거려요. 별일 없죠? 무슨 일 있어요?" "너희들, 무랑 이것저것 좀 구워 봤는데 필요 없지?" 조금 쑥스러워 하면서 하마 짱이 묻는다. "필요하죠~ 먹고 싶어요!" "그래? 그럼 집에 돌아가서 가지고 올게." 하마 짱이 주먹을 쥐고 달리는 포즈를 취하길래 "같이 갈까요?" 하곤 집까지 나란히 걸었다.

"자, 여기서부터 봐, 너희 집이 겨우 보이게 됐어. 낙엽이 다 떨어져서 너희 집이 보여. 보이는 것만으로도 기쁘다고." 겨울이 되면 매번 듣는 이 말이 나는 너무나 좋다. "있잖아, 무 담는 그릇으로 이건 어때? 잘 보라고, 어떤 모양인지" 하고 건네는데 하트 모양의 그릇이다. "그 말이었어요?" 활짝 웃는 하마 짱을 뒤로 하고 비탈길을 거슬러서 집으로 돌아온다.

　문득 고개를 들어 하늘을 보니 집 위에 무지개가 걸렸다. 웃고 있다.

나다움을 찾아가는 대화

올겨울 간만에 영화 음악을 만드는 중이다. 봄이 와서 하루 하루가 생기로 넘칠 때쯤엔 마무리가 되어야 하는데, 지금 은 매일 마라톤을 하는 것처럼 묵묵히 한 곡 한 곡을 마주 한다. 영화 한 편에 필요한 음악은 대개 스무 곡 내외로 하 루에 한 곡씩 만드는 속도로 진행한다고 해도 한 달은 걸린 다. 처음으로 영화 음악을 맡았던 〈늑대아이〉의 경우에는 완성하기까지 석 달 하고도 조금 더 걸렸다. 그래서 이번에 도 비슷한 흐름으로 가면 결승점에 도달하겠거니 어림짐 작하고 있다.

이번 영화 음악은 1년 전부터 제안을 받았기 때문에 시간적인 여유는 충분했다. 감독이 연재처럼 조금씩 건네 준 새로운 이야기나 수화기 너머로 혹은 직접 만나서 들려줬던 말의 단편들로부터 '이런 이미지일까?' 하고 떠오르는 멜로디를 피아노로 연주하고 그걸 녹음해서 감독에게 보냈다. 이렇게 주고받는 걸 우리는 '스케치'라고 부르게 됐는데, 정말로 마음을 소리로 그리는 것 같아서 헛되기도 하고 부옇기도 하다. 이때까지의 스케치를 영화에 잘 어울리는 음악으로 키워 나갈 것인가, 아니면 다른 스케치를 진행할 것인가. 끼적이던 어느 날, 드디어 "아, 이거다!" 싶은 멜로디가 환희의 빛과 함께 내려왔다.

<hr />

'해냈다! 다행이다!' 싶어 감독에게도 보냈는데 어쩐지 반응이 뜨뜻미지근하다. 그러는 사이 애니메이션 영화 쪽은 글로만 짜여 있던 각본에 그림이 그려지고 색과 동작이 입혀지고 배경이 그려지면서 하나의 세계가 완성되어 간다. 어렵쇼? 왠지 음악만, 나 혼자만 다른 데서 헤매는 듯하다. 이대로 계속 가도 흥미로운 영화 음악은 나오지 않을 것 같은 기분에 휩싸였다. 그런 불길한 예감이 스치는 나날이 이어졌고 결국엔 스케치하던 손을 멈추고 말았다.

애타는 심정으로 몇 개월을 그냥 흘려보냈다. 다시금 감독과 관계자들을 만나는 날이 돌아왔다. 회의에서 주고받은 말들의 의미를 제대로 이해할 수 없었다. "이제부터는 어떻게 진행하면 좋을까요?" 혼란스러워 하면서 감독에게 물으니, 감독은 온화한 미소를 띠면서 "지금까지 건네주셨던 스케치는 일단 다 잊어버리시고 평소의 다카기 씨

느낌으로 해 주신다면 어떨까요? '평소의 다카기 씨', 그것
만 바라고 있어요"라고 답했다.

평소대로, 내 마음 가는 대로…… 그렇게 해 온 게 지금
까지의 스케치였는데? '평소의 나'라는 건 대체 뭐지? 눈이
핑글핑글 돌 것 같은 문답의 동굴 속으로 빠지고 말았다.

영문을 모르는 와중에도 마감일은 어김없이 가까워진다.
일단은 할 수 있는 데서부터 곡을 붙여 본다. 감독과 회의
할 때 나온 말들을 놓치지 않으려고 필사적으로 적어 둔 메
모를 가까이 뒀다. "이 장면은 이런 의미를 담은 장면이라
고 생각하는데요, 음악도 같은 분위기가 될지 모르겠어요."
이런저런 식으로 음악이 해야 할 역할을 설명하는 말들을
참고하면서 떠오른 멜로디를 연주하고 다시 한 번 감독에
게 보내 봤다.

"아니, 흐음…… 뭔가 다르다고 해야 할까요. 정말로 평
소의 다카기 씨가 하던 그대로 해 주시면 됩니다." 곤란하
다는 듯한 반응이었다. "영화에 너무 바짝 다가가 계신 건
아닐까요? 당분간은 제가 드린 말씀은 옆으로 제쳐 두시고
완성된 영상도 보지 마시고요. 지금까지 다카기 씨께 제
가 했던 말들은 영화에 대한 저 혼자만의 해석에 지나지 않
으니까요. 다카기 씨는 다카기 씨대로 영화 전체를 먼 곳에
서 바라보면서 거기서부터 소리를 내 보시면 어떨까요."

뭔가 느낌이 왔다. 그런 건가, '평소의 나답게'는 그런 뜻이었나. 내 멋대로 믿거나 상상한 걸 그대로 표현해 버려도 좋다는 말이었을까. 요 몇 년 사이 다양한 사람들에게서 음악 제작을 부탁받았고, 그래서 상대방의 생각을 제대로 이해하고자 회의에서 가능한 많은 정보를 남기려고 애썼다. 몇 년 전까지는 빈손으로 나가 메모도 남기지 않았었는데 말이다.

상대한테 최대한 가까이 다가가려고 노력하는 것도 중요하지만, 상대방의 마음과 완전히 똑같아지면 '나다운 마음'은 사라지고 만다. 상대가 빨간색이라고 생각해도 이쪽에서는 파란색이라고 생각하면 그걸로 된 거였다. 둘의 생각을 하나로 합치면 보라색이 된다. 그것도 단순한 보라색이 아니라 어떤 때는 거의 빨간색으로, 어떤 때는 붉은 기운이 도는 보라색으로, 또 어떤 순간에는 새파랗게, 자유롭게 변하는 흥미로운 색채가 되는 것이다. 누군가와 함께 무언가를 만들어 내는 건 그토록 흥미진진한 일이라고 다시금 깨닫는다.

제일 처음 건네받은 각본을 꺼내서 다시 읽어 봤다. 거기에는 감독이 혼자서 순수하게 상상하며 그린 풍부한 이야기가 있었다. 하지만 그 스토리를 액면 그대로 받아들이려고 하자 '여기는 무슨 의도인 거지? 왜 이 장면이 있는 걸까?' 하는 의문이 몇 개나 생겨났다. 그 의문들을 감독에게 직접 물어도 좋을 테지만 내 나름대로 자유롭게 해석해 본다. 만약에 이런 의도라면 진짜 재미있는 이야기가 될 거야, 하는 생각이 들 때까지 여러 가지 맥락으로 상상해 보았다. 드러나 있지 않은 또 하나의 이야기가 흘러간다. 어디까지나 내가 좋아서 나 자신에게 보내는 이야기. 재미있다! 이부자리에서 잠들지 못하고 머릿속에서 몇 번이고 몇 번이고 이야기를 그려 본다.

며칠 후 아내에게 망상으로 가득 찬 그 세계를 들려주었다. 아내도 흥미로워하는 것 같아 이야기를 듣고 떠오른 그림을 몇 장만 그려 달라고 부탁했다. 아침에 일어나니 책상 위에는 손톱만 한 작디작은 그림 일곱 장이 놓여 있었다. 그림이랄지 색이랄지, 재미있네. 아침 햇살을 쬔 그림들은 빙그레 웃으면서 바람을 타고 날아갔다.

마침내 내가 연주해야 할 것을 알았다. 음이 머릿속을 흐르기 시작했기 때문에 그걸 주우면서 나아간다. 그저 흘리지 않도록 담으면서 간다. 멜로디가 좋은지 나쁜지 알 수 없으나 그대로 감독에게 보낸다. "아아, 이거예요! 원했던 건 이거였어요. 이대로 진행해 주세요." 드디어 시작됐다!

태어난 사람 각자가 가진 평소의 자기다움. 각자의 빛으로 반짝거리는 보석 같은 눈동자들. 그것들이 교차하고, 멀어지고, 빗나가고, 그러면서도 한 방향으로, 모두가 기다리는 하나의 미래로 다가간다. 이상하고도 재미있는 점은 이런 식으로 갈팡질팡하는 사이에 영화 음악은 한 걸음씩 완성에 가까워진다는 점이다. 가슴이 뛴다.

풀었다가 다시 짜고

집에는 검은 고양이와 흰 고양이가 있다. 산속으로 이사를 오면서 검은 고양이는 대부분의 시간을 밖에서 보내게 됐다. 밥을 먹는 몇 분만 모습을 보이는 날도 있다.

눈이 쌓인 날에 발자국을 따라가 보면 꽤 먼 곳까지 이어진다. 촘촘한 발자국이 민가의 헛간까지 총총총 찍혀 있다. "'검은 고양이가 민가로 휙 들어가네~ 매일 아침마다 정해진 시간에 들어가네~' 하면서 지켜봤답니다." 백 살이 된 시즈 씨가 일러 준 대로 하루 중 대부분의 시간을 남의 집에서 보내는 일도 있는 모양이다.

날이 풀리면 고양이들은 도마뱀, 쥐, 두더지, 새 등등 갖가지 생물을 물고 돌아와서 일부러 우리 부부가 지나다닐 만한 길에 둔다. 말은 안 통해도 "너희들은 사냥이 서투

르니까 내가 대신 해 주지"라는 의미가 묻어 있다. 아마 그 나름대로 친절을 베푸는 것이리라.

집 주위를 한 바퀴 돌면서 산책하고 있으면 검은 고양이 첼로 짱과 우연히 마주치는 날도 있다. 땅바닥에 몸을 비비면서 데굴데굴 행복한 듯이 구르기에 쓰담쓰담 어루만져 주었다. 그러자 갑자기 발딱 일어나서 "이쪽으로 가자옹" 하고 말하는 듯이 나를 꾄다. 뒤를 따라가면 어김없이 산 어귀에 이르고 "안 돼, 오늘은 산에 안 들어갈 거야" 말하려는 찰나, 첼로는 폴짝폴짝 날쌔게 편백나무를 올라가서는 또 다른 나무로 폴짝 옮겨가더니 짜잔 하고 멋지게 착지해 보였다. 오오, 검은 닌자다.

"제법인데." 첼로의 머리를 쓰다듬자 다시 산으로 총총 달려가며 내가 쫓아오기를 기다린다. "조금만이야" 하고 다시 뒤를 따르자 첼로는 즐거워하며 이리저리 뛰어다니고 낙엽 위를 몇 번이나 뒹군다. 어릴 때 강아지를 산책시키던 추억이 떠오른다.

산속으로 충분히 걸어 들어갔을 때 좀 쉬려고 주저앉았더니 첼로가 허벅지 위로 올라와 얼굴을 찬찬히 들여다본다. 뭐랄까, 집에서는 절대로 보여 주지 않는 감정이 담긴 얼굴이라 기묘한 기분이 들었는데, 곧 내 얼굴을 할짝할짝 핥기 시작했다. 사랑스러워서 그 작고 검은 몸을 꼭 껴안아 들고 우리 주위를 둘러싼 나무들을 함께 바라보았다.

첼로는 투명한 얼굴로 주변 소리를 듣는 중이다. 몸을 맞대고 함께 귀를 기울이자 그 순간 지금까지 봐 왔던 풍경과는 다른, 첼로가 매일 살아가는 또 하나의 세계가 펼쳐진다. 조금 전까지 내가 보던 세계와 전혀 달랐다. 그곳은 살아 있는 것들의 흔적이 짙게 남아 있는 세계였다. 사슴이나 곰이 지나간 흔적은 물론이고 아침에 지저귄 새들의 노랫소리가 공기 중에 잔물결처럼 아른거린다. 나무들이 내뿜는 향기로운 내음이 뱀처럼 구불구불 천천히 공중을 감싸 돌았다.

　　첼로는 코를 벌름벌름하다가 훌쩍 뛰어내려서 더 깊은 산속으로 들어가 버렸다. 으슥한 곳에서 작은 목소리로 "냐~옹" 하고 다시 나를 불렀지만, "고마워, 좋은 걸 보여 줘서. 그럼 나중에 봐" 하고는 먼저 인간 세계로 돌아왔다.

○

목수인 스에 씨가 내가 지난번에 부탁한 선반을 달러 왔다. 이 오래된 집에 새것은 어울리지 않지만, 스에 씨는 창고에 잠든 낡은 널빤지를 다듬거나 산에서 아름답게 휘어진 나무를 곧잘 손에 넣어서 우리 취향에 꼭 맞게 만들어 준다. 일 처리가 빨라 어떻게 만드는 건지 못 보고 지나쳐 버리기 일쑤라 오늘만큼은 곁에 서서 줄곧 지켜보기로 했다.

　　스에 씨는 중얼중얼 혼잣말을 하면서 집의 기둥과 바닥과 천장으로 시선을 옮겼다. 그러더니 눈 깜짝할 사이 기둥과 기둥 사이에 막대기를 박아 넣었다. 그리고 판자를 살짝 얹어 뚝딱 선반을 완성했다. 스에 씨의 머릿속에 들어가 사물을 바라보니, 그는 선반이라는 '물건'에 구애 받지 않는다는 사실을 알게 되었다. 그보다 이 장소에서 가장 튼튼

하고 흔들림 없는 것은 무엇인가, 그걸 제일 먼저 가려낸 뒤 그 힘을 최대한 이용하는 듯싶다.

스에 씨가 만드는 것은 '이렇게 해야만 해'라는 제작자의 고집이 적은 만큼 주위의 풍경 속으로 사르르 녹아들어 꼭 예전부터 그곳에 있었던 것 같다. 스에 씨가 보는 세계는 늘 미덥다.

시즈 씨가 볕이 드는 훈훈한 방에서 뜨개질을 하며 잘 지내는 것 같아 기쁘다. "뭘 짜고 있으세요?" 묻자 "스웨터를 짜지요" 하며 알록달록한 줄무늬 스웨터를 내보인다.

"예전에 다카기 씨 댁에 살던 사람은 누에를 쳤어요. 그래서 저도 실을 뽑고 직물을 짰지요. 그때 모아 두었던 실보무라지나 털실 조각을 한 번 더 이어 붙여서 스웨터로 만들어요. 옛날에 만들었다가 입지 않는 스웨터의 털실도 풀어서 다시 쓰기 때문에 한 가지 색상의 스웨터가 될 리 없지요. 여러 색깔이 뒤섞여 있답니다. 풀었다가 다시 짜고, 풀었다가 다시 짜고, 그러고 있어요. 언제까지나 끝이 없지요."

몽실몽실한 덩어리

여러 달 작업에 매달린 영화 〈미래의 미라이〉未来のミライ 음악 작업이 마침내 끝나 간다. 이제 도쿄의 스튜디오에서 오케스트라 연주자들이 연주하면 순식간에 모든 게 바뀔 거라고 상상하는 중이다. 고민에 고민을 거듭하고 꼼꼼하게 검토하면서 그려 넣은 음표 하나하나도 실제로 연주될 때는 오롯이 연주자 '그 사람의 것'이 되고 순식간에 '새로운 생명'을 얻어 날아간다. 늘 신비롭다.

　최초엔 나라는 한 사람의 머릿속에서만 울리던 소리가 악보가 되어 연주되고, 녹음된다. 관계자 수만큼의 다양한 인생이 얽혀 들면서 전혀 상상할 수 없는 음악으로 완성될 때마다 깜짝 놀란다.

　이번에는 꽤 이른 시기부터 영화 제작에 참여하면서

근 1년 반 동안 머리 한 쪽이 이 영화로 가득 차 있었다. 새롭게 도전하고 싶은 것, 단련해 두고 싶은 것, 공부하고 손 댄 것들이 무척 많았고 새로운 곡들도 많이 썼는데 막상 영화가 완성 단계에 이르자 매우 심플한 음악들이 나왔다.

영화 한 편에 넣을 수 있는 곡은 한정적이라, 아쉽지만 쓰지 못하게 된 곡도 생겼다. 그런데 이렇게 창고로 들어가는 곡이야말로 영화에 대한 나의 가장 솔직한 심정이 담겨 있기도 해서, 내 영혼의 일부가 한데 뭉쳐 두둥실, 허공에 남아 떠도는 듯한 기분도 든다. 그런 점도 불가사의하면서 흥미롭다.

○

"일은 잘 되가?" 같은 마을이라고는 해도 골짜기를 살짝 내려갔다가 다시 올라가야 하는 곳에 사는 동년배 밋 짱이 음악실을 보러 왔다. "뭐, 일단락은 지은 것 같아. 무슨 일이야?" 좀 쉴 겸 토방에서 차를 한잔했다. "영화 음악 제작도 어려운 일이지? 나는 영화보다 소설책 읽는 걸 더 좋아해. 내 머릿속에서 풍경이 펼쳐졌다가 등장인물 목소리도 들렸다가 하잖아. 그게 영화로 만들어지면 생각했던 거랑 달라져서 싫더라고. 혼자 상상하는 게 더 좋아." 그건 나도 그렇다. "상상 속에 음악도 흐르곤 해?" 묻자 밋 짱은 아니, 그렇지는 않던데. 그러고 보니 들렸던 것 같기도."

지금까지 소설을 읽는데 음악이 들려오는 일은 없었다. 음악을 연주하는 장면을 묘사한 부분이라면 그런대로 음이 떠오를지도 모르겠으나, 마치 영화처럼 음악이 저절로 흐르는 일은 없다. 음악이 아닌 색 덩어리나 음향 덩어리 같은 것이 내 안에 가득 찼던 경험은 있었던 듯도 하다.

○

하마 짱이 시내에서 백내장 수술을 받고 돌아왔다. "이제는 뭐든지 또렷하게 보여. 뭐가 제일 놀랍냐면, 거울. 이런 주름투성이인 얼굴로 잘도 방글방글 웃으면서 노인회 같은 데에 다녔군! 하고 말이야. 부끄러워!" 상냥한 주름살이 더더욱 늘어난 얼굴로 웃는다. "다음은 집 안 구석구석 흩어져 있는 것들. 이렇게 지저분한 데서 아무렇지도 않게 잘도 살아 왔더라고. 타일과 타일 사이가 글쎄, 검은 게, 그게 안 보였다니까? 안 보였으니까 없는 거랑 같았는데 보이고 나면 해결하지 않으면 안 되잖아. 그런 거라고……."

　누구든지 갑자기 무언가가 잘 보이게 돼 버리면 그걸 해결하지 않으면 안 될 테다. 그 사람이 보고 느낀, 어쩐지 몽실몽실한 그것을 어떻게든 하지 않으면 안 될 테다. 그것이 자기 눈에만 보일지라도, 아니 어쩌면 그렇기에 더욱더 가만히 있지 못할 것이다. 산다는 것, 일이라는 것, 참 불가사의하다.

바람이 불 때마다

"바람이 불고 있어요. 잎들이 뒤집히네요. 그러고 나면 큰 바람이, 큰 바람이 일지요."

여름이 가까워진 어느 밝은 날에, 시즈 씨가 툇마루에 오도카니 앉아서 어딘가 먼 하늘을 바라보며 중얼거린 말이었다. "신은 뭘까요?" 하고 묻는 나의 말에 그렇게 대답해 준 것이다.

오늘 아침 벚나무의 버찌가 몽땅 사라진 걸 보고는 '새들이 이렇게나 왔다갔나, 분주했겠네' 싶었다. 그러곤 졸린 두 눈을 부비고 서 있는데 어디선가 유순한 바람이 불어왔다. 벚나무 이파리들이 일제히 뒤집혔다. 주위를 둘러보니 느티나무와 복숭아나무, 앵두나무 잎들도 기분이 좋다는 듯이 출렁출렁 뒤집힌다. 시즈 씨의 말이 새삼 되살아났다. 전보다 무슨 말인지 더 잘 알겠다. 바람이 불 때마다 무언가가 끝나고 무언가가 시작된다. 이제 곧 큰 바람이 이는 절기에 접어들고, 그러고 나면 여름이 찾아올 것이다.

○

요즘은 정원 가꾸는 게 즐겁다. 정원이라고는 해도 어디서부터 산이고 어디서부터 정원인지 모르겠는데, 여느 때라면 예초기로 단숨에 베 버리던 걸 그만두고 허리를 굽혀서 풀꽃들과 같은 높이로 내려간다. 내년에도 남아서 번졌으면 하는 풀꽃은 남겨 두고 번지길 원치 않는 풀꽃은 베거나 뽑는다. 그러면서 슬슬 나아가다 보면 내 취향의 식물만 남아서 나름 나의 정원다운 모습을 갖춰 간다.

예초기를 들여와서 일이 정말로 편하고 빨라지긴 했지만, 기계를 쓰면 아무래도 청소기로 미는 것처럼 끝에서부터 끝까지 풀꽃을 몽땅 베어 버리게 된다. 그래서 올해는 걷는 길에만 사용하기로 했다. 뒤를 돌아보면 초원에 실개천이 흐르듯이 좁은 길이 나 있는데 내 걷는 버릇을, 나의 몸과 마음을 땅 위에 그려 놓은 것만 같아서 흥미롭다.

○

사람은 왜 정원을 가꿀까? 씨를 심고 도랑을 파고 개천에 돌을 던져 넣고, 자연을 가꾼 다음 새로운 자연이 나타나기를 기다릴 뿐이지만. 그게 전부인데도 최고로 즐겁다. 나 자신만을 만족시키면서 멋대로 나아가는 게 아니라 상대에게 한 발 들여놓고 상대가 어떻게 반응하는지, 어떻게 하면 함께 성장할 수 있는지 지켜본다. 그렇게 뒤섞여서 이 세상에 지금까지 없던 것을 만들어 가는 과정이 그 무엇보다도 즐겁다. 몇 년에 걸쳐서 눈에 띄는 대로 돌을 던져 넣은 뒷마당의 실개천도 점점 자연스러운 모습으로 변해 왔다. 초목이 무성해지고 개구리와 잠자리가 서식하고 마침내 작은 물고기가 헤엄치는 걸 보았던 날에는 뛸 듯이 기뻤다.

올봄, 산에서 내려온 물이 조금씩 스며 나오는 장소를 발견했다. 이끼가 낀 예쁜 벼랑에 투명한 물방울이 톡, 톡, 톡, 섬세한 소리를 내면서 아주 천천히 부풀었다가 떨어진다. 매일 같이 바로 그 옆을 지나다녔어도 눈치채지 못했다. 이런 비밀스러운 장소가 어딘가에는 확실히 있다는 사실을 알게 되었고, 앞으로 숨겨진 장소들을 더 마주칠 듯한 예감도 들었다.

⚬

늦은 밤까지 이것저것 하다 보니 기상 시간이 늦어졌다. 아침을 먹는데 웬일로 유키 씨와 맛 짱의 얼굴이 발그스름하다. "캇 짱, 점심이나 함께 먹을까 했는데, 이 시간에 아침을? 실은 저녁때까지 할 거니까 언제라도 와." 달뜬 얼굴로 말한 뒤 마을회관으로 돌아갔다.

느지막하게 아내와 둘이 술 한 병을 들고 찾아갔다. 드르르 문을 열자 여든이 넘은 유키 씨와 맛 짱이 작은 탁자를 꺼내 놓고 주거니 받거니 하고 있다. "어라, 두 분이서 몇 시간째 계신 거예요? 무슨 얘기 중이세요?" 하고 묻자 "으응, 옛날이야기. 옛날이야기를 하지. 와 줬구나" 하며 술잔을 내민다.

"캇 짱, 너희들이 만난 이야기를 들려줘. 아직 한 번도 안 물어 봤네. 어떻게 둘이 살게 됐어?" 아내와 만난 이야기에는 내가 인생에서 괴로웠던 시절이 담겨 있어 마음이 쓰리다. 유키 씨 얼굴이 진지해졌다. "그렇구나. 그런 일이 있었구나. 힘들었겠다. 나도 말야, 오늘 처음으로 단짝 친구 맛 짱한테도 들려준 적 없는 이야기를 너희에게 해 줄게." 그러고선 불쑥 유키 씨가 젊었을 때 겪은 몹시도 복잡했던 마음속을 조곤조곤 들려줬다. "황폐했던 어린 시절을 떠올리면 그래서는 안 됐다고, 이런저런 끔찍한 일도 저질러 버리고 말이야. 청춘은 거칠고 황폐하게 지나가 버렸지만 지금의 내가 있는 것도 그때 덕분인 걸."

유키 씨의 손은 울퉁불퉁하고 뻣뻣한데 틀림없이 손을 너무 많이 쓴 탓이리라. 항상 손가락이 조금 굽어 있다. "고마워" 하고 웃는 얼굴로 인사를 할 때면 두 손을 가슴 앞에 모으는데 손바닥끼리 딱 맞대어지지 않고 꼭 식물 씨앗 같은 모양이 된다. 그는 누구에게도 티 한 번 내는 법 없이 묵묵히 마을 어귀의 풀들을 벤다. 먼 곳에서부터 마을로 돌아왔을 때 늘 그 정결한 모습에 "다녀왔습니다" 하고 인사드리면서 마음을 놓게 된다.

사랑하는 나의 우주

아침이다, 아침. 먼 산을 향해서 기지개를 켜는데 효로로로, 높은 음에서 낮은 음으로 미끈하고 아름답게 떨어지는 노래가 들려온다. 어떤 새가 노래하는 걸까. 보이지는 않고 소리만 들려와도 좋다.

이 노랫소리에 피아노가 함께하면 어떤 곡이 태어날까. 서둘러 방으로 돌아와서 창문을 열고 전원을 켠다. 녹음 버튼을 누르기까지 일 분도 채 걸리지 않았다고 생각했는데, 꼭 이럴 때면 새는 노래하는 걸 멈춘다. 저녁에도 새가 노래하길래 한 번 더 시도해 보았으나 녹음 버튼을 누르자 조용해졌다. 나보다 10년은 빠르구나. 그만두고서 느긋한 마음으로 다시 멋진 노랫소리에 귀를 기울인다.

뭐든지 해 보지 않으면 모르는 법. 올해는 풀베기를 적극적으로 하지 않기로 했다. 마침내 여름이 가까워졌고 주위에 난처할 정도로 풀이 무성하게 자랐다. 하지만 덕분에 지금까지 눈에 띄지 않던 풀꽃과 생물 들을 많이 만났다. 베지 않고 일부러 남겨 뒀던 풀들이 바다에 떠 있는 섬처럼 자라나기도 하고, 봉긋봉긋한 풀 언덕이 되어 반대편에 뭐가 있는지 다가가지 않으면 알 수 없게 됐다. 이 새로운 풍경이 나를 가슴 뛰게 한다. 위험한 생물이 있을지 모르기에 조심해야만 하고 걷는 속도도 느려지지만 들여다볼 때마다 새로운 만남이 있다.

실은 눈앞에 돋아난 저 무수한 풀들을 전부 잡초로 치부하고 모조리 베어 버리는 게 안전하고 편하고 넓고 기분 좋다. 몸은 피곤해도 골치 아프게 일일이 구분하지 않고 전부 잘라 버리는 편이 홀가분한 것이다. 이 풀은 어떤 모습으로 자랄까, 이 꽃에서 씨가 떨어져 번지면 내년에는 어떤 풍경으로 변할까 등등 하나하나 생각하면 끝이 없다. 어떤 건 남기고 어떤 건 베는 식으로 하다간 시간이 아무리 주어져도 모자랄 것이다.

지금까지는 그런 걸 고민하기 귀찮아서 전부 베어 버렸는데 신기하게도 올해는 어쩐지 '풀베기 같은 거 끝내지 않아도 괜찮잖아?' 하고 힘을 뺄 수 있었다. 풀꽃 한 송이, 한 송이가 날마다 다른 아름다운 빛을 띤다. 멋지다. 오늘도 조금 달라졌다. 그저 사랑해 주고 싶다.

며칠 뒤 콘서트가 있다. 지난 1년간 집에서 꾸준히 녹음한 〈마지널리아〉 연작 음악을 연주해 보려고 한다.

　　그때그때 절기마다 창문을 열면 들려오는 소리에 맞춰서 떠오르는 대로 연주했던 곡들이다. 다시 똑같이 쳐 보기에는 꽤나 어렵고, 어렴풋이 기억하는 대로 쳐 보면 훨씬 단순한 연주가 되고 만다. 예를 들어 '도레미'라는 멜로디가 있다. 보통 이 멜로디를 연주하면 도레미, 도레미, 도레미 몇 번을 해도 정답 같은 소리만 난다.

　　당시 녹음을 한 번 더 들어 보았다. 도~레미, 도레~미, 돗, 레미. 같은 도레미라도 온갖 방식으로 다르게 연주했던 걸 알 수 있다. 한 음 한 음, 계절과 처음 만나는 그 순간에 매우 집중하면서 소리를 주고받는 온갖 방식을 즐기는 것처럼 들린다. 어디에 도달할지 모르는 채로 그저 그때 그 순간을 즐기는 듯하다. 풀베기와 꼭 같다.

대단하게 알려지지 않아도 좋다. 내 안의 가장 솔직한 중심에서부터 나와 가장 멀리 떨어진 우주 끝까지, 그 사이 어떤 시공간에서도 내내 사랑하는 마음으로 존재하고 싶다

　　어젯밤 마당의 작은 개울에서 반딧불이 떼가 어둠 속을 홀홀 날아다녔다. 빛의 무리가 한 덩어리로 천천히 춤을 췄다. 아주 깊은 숨을 쉬고 있었다.

<은혜>

작곡 : 다카기 마사카쓰
작사 : 다카기 마사카쓰 · 다카기 미카오

봄 _____

백목련
휘파람새
매화
앵두나무 꽃
산철쭉
고갯마루 위 벚나무

아~
꽃잎이 바람을 타고
내 마음은 터질 듯

지렁이
흙냄새
민물게
올챙이
먹파리
도마뱀
어리호박벌
산무애뱀

아~
생명이 날아들었다
큰 바람이 인다

めぐみ（春）

여름 _____

비
실비 장대비
무지개
달팽이   매미
논에 비친 하늘   저녁매미
개구리 노랫소리   뱃놀이
반디   소나기구름
                          풀베기, 흐르는 땀

아~   수박
하마 짱이 우산을 썼네
수국 얼굴이 흔들렸다   아~
                          다 함께 물동이를 이고
                          청소하러 갑시다
                          당신에게 이끌려
                          어여차, 갑니다

めぐみ （夏）

가을 _____

높은 하늘
축제
새빨간 노을
벼 이삭의 금물결
참억새 노래
감, 밤
너구리 멧돼지 원숭이

아~
모두들 무르익어서
나도 새빨갛네
당신도 새빨갛네

당신과, 이 은혜. 내게는
과분하여라

めぐみ　（秋）

겨울 _____

하얀
하얀 입김, 눈
곱아드는 손발
가만가만 잠든 산

아~
함께 새끼를 꼰다
밀감도 담그자
내일은 구름이 걷힐 듯
눈 녹아내려서 함께 웃었네

めぐみ（冬）

마치며

'시작하며'에도 썼습니다만 이 책을 가장 기쁘게 여기는 사람은 바로 '저'일 거라고 생각합니다. 모아서 다 읽으니, 지난 6년을 생생하게 되찾은 기분입니다.

하루하루는 진심으로 두 번 다시 오지 않는 날들의 연속입니다. 살면서 계절의 순환을 몇 번이고 맞이했지만, 같은 봄은 두 번 다시 오지 않았고 같은 겨울도 없었습니다. 많은 결실을 보았고, 이것저것 풍년이었지만, 매년 만개하여 우리를 즐겁게 해 주던 황매화나무는 다시 꽃을 피우기는커녕 통째로 말라 버렸습니다. 무시로 돋아나는 풀꽃들도 변화합니다. 가까이 가지 않았던 곳은 뾰족뾰족한 풀이나 가시 돋친 줄기로 덮이지만 자주 걸어 다녔던 길에는 부드러운 풀이 돋아났습니다. 물줄기 또한 저쪽으로 흘러갔다가 이쪽으로 흘러오고, 산골 마을에 사는 사람들도 이사하고, 누군가는 죽고 누군가는 태어났습니다.

사람도 동물도 식물도, 물도 공기도, 작년과 똑같이 반복되는 건 없습니다. 자연이 그러하기에 저 역시 지난 6년간 많이 변했다고 생각했습니다. 그런데 지난 글을 다시 읽어 보니 변화와 함께 여러 가지 일들을 잊고 있었다는 걸 깨달았습니다. 간만에 내리는 비처럼 잊었던 날들이 순식간에 내려와 마음을 적셨습니다.

2012년 봄에 월간지 『소토코토』의 편집자 이구치 게스케 씨로부터 "글을 써 보시지 않겠습니까?"라는 청탁을 받았습니다. 그때까지 다른 잡지에도 수년 동안 매달 글을 써 온 경험이 있었기 때문에 이번에도 쓸 수 있겠다고 생각해서 받아들였습니다만, 처음 1년은 고민이 많았습니다. 어떤 분이 어떤 기분으로 읽어 주실지 상상이 잘 가지 않았습니다.

책의 원제인 '고토이즈'こといづ는 이구치 씨가 지어 준 멋진 제목입니다. '어떠한 것이 나오다'라는 의미라고 합니다. 그래서 어릴 적 이야기나 작품은 어떻게 해서 탄생하는지와 같은, 원초적인 무언가에 닿았던 이야기를 써 볼까 싶었는데 어떻게 해도 이야기가 발전되진 않았습니다. 그래서 아내와 상의했습니다. "부탁이 있는데 삽화*를 그려 주지 않겠어? 그럼 애쓰지 않고도 매일 일어난 것들을 있는 그대로 쓸 수 있을 것 같아." 그날부터 제가 글을 쓰고 아내가 그림을 그리는 특별한 날이 매달 찾아왔습니다.

먼 곳의 무언가를 쓰려고 하지 말고 그 달에 일어났던 일을 꾸밈 없이 적어 두고는 마감일이 다가오면 "이번 달에 무슨 일이 있었지?" 하고 아내와 밥을 먹으면서 이야기를 나누었습니다. 쓸 만한 화제가 세 가지 정도 모이면 컴퓨터 앞에 앉아서 글자를 채웠습니다.

한 편이 대략 이천 자면 좋겠다고 부탁을 받았습니다만 과연, 이천 자는 신기한 길이입니다. 힘이 조금이라도 붙지 않으면 쓸 수 없는 양입니다. 여세를 몰아서 세계 속으로 들어가지 않으면 닿을 수가 없었고, 끝에 다다르면 저조차도 생각지 못했던 글이 짠 하고 나와서 '아아 써내서 기쁘다', '읽어서 좋았어'로 마칠 수 있었습니다. 다시 생각해 보면 '고토이즈'는 '어떤 것이 나올 때까지 써 보세요' 하는 응원이 아니었을까? 생각합니다.

2016년 봄 '시간의 꽃길을 따라서'를 마지막으로 이구치 씨가 퇴사하고, 쓰보네 이쿠미 씨가 그 자리를 대신해 주었습니다. 달마다 마감일 즈음 아슬아슬하게 도착하는 원고를 정리하느라 고생이 많았을 겁니다.

원고를 메일로 보낼 때면 긴 글을 마친 직후라서 달리 할 말이 떠오르지 않아 "늦어졌습니다. 원고를 보냅니다." 같은 짧은 문장을 덧붙이는 게 다였습니다만, 아내와 쓰보네 씨는 그때그때의 근황을 도란도란 주고받았고, 곁에서 그 모습을 흐뭇하게 지켜보는 게 제게는 또 하나의 '고토이즈'였습니다.

"책으로 엮으면 어떨까요." 쓰보네 씨로부터 연락을 받고는 어떤 책이 될지 기대하면서 "쓰보네 씨가 만들고 싶은 대로 해 주세요."라고 부탁드렸습니다. '이만큼 진지하게 임하는 그가 마음속에 그리는 책은 대체 어떤 책일까, 나도 펼쳐 보고 싶다'는 바람에서였습니다.

멋진 장정은 호시노 데쓰야 씨가, 기획과 마케팅은 하야노 슌 씨가 맡아 주셨습니다. 한 권의 책을 세상에 내놓기까지 모두 함께 애써 주셨기에 가능한 일이었습니다. 축하합니다. 감사합니다.

이구치 씨, 고마워요. 미카오 짱, 고마워.

여러분, 이 책을 펼쳐 주셔서 감사합니다.

마을 사람들에게, 산에게, 이 책을 바칩니다.

당신의 아름다운 날들에도.

고맙습니다. 고맙습니다.

2018년 8월 9일 19시 44분

다카기 마사카쓰

---

* 원서에는 잡지 연재 당시 게재된 아내의 삽화가 함께 실려 있다.

두 번 다시 오지 않을

일본의 피아니스트이자 작곡가, 미디어 아티스트인 다카기 마사카쓰는 한국에서도 많이 알려진 호소다 마모루 감독의 애니메이션 〈늑대아이〉, 〈괴물의 아이〉 OST를 비롯해 다양한 방송, 광고 음악을 만든 분입니다. 저도 〈늑대아이〉의 음악에 깊이 감동해서 음악 감독의 이름을 찾아보았고 그 뒤로 다카기 마사카쓰의 거의 모든 음악을 빠짐없이 챙겨 들었습니다. 그야말로 팬이 된 거지요.

그의 음악 세계에 대해 알면 알수록 대단하다는 마음이 커졌습니다. 앨범마다 다채로운 스타일을 지녔고 작업량 자체도 방대했는데, 공통적으로 몰입을 부르는 에너지가 응축되어 있었어요. 때로는 화산처럼 격렬하게 폭발하고, 때론 강물처럼 널리 번져가다가 마지막엔 어김없이 잊을 수 없는 감동과 잔향을 남겼습니다. '이 에너지의 원천은 뭘까. 어디에 있는 걸까.' 궁금한 게 자꾸만 늘어갔습니다.

때마침 일본 여행길에 들른 서점에서 다카기 마사카쓰의 산문집 『음악으로 가득한』을 발견했고, 이 책을 계기로 다카기 마사카쓰의 음악뿐만 아니라 마음과 삶을 골똘히 들여다볼 기회를 얻었습니다. 다만, 부끄럽게도 제목부터 번역이 쉽지 않았음을 고백합니다.

원제인 '고토이즈'는 이 책의 글을 연재한 월간지 〈소토코토〉의 편집자가 만들어낸 단어로, '어떠한 것이 나오다'란 뜻이라고 합니다. 책에는 '고토이즈' 외에도 작가가 새로 만든 단어나 들리는 대로 받아 적은 의성어가 자주 등장하는데, 일본인에게 물어도 고개를 갸웃거릴 정도라 번역하는 데 꽤 애를 먹었습니다. 다카키 마사카쓰의 글도 그의 음악을 닮아 인간의 언어와 자연의 소리 그 사이 어딘가를 자유롭게 오갔던 건지도 모르겠네요.

『음악으로 가득한』은 작가가 나고 자란 교토 시내를 떠나 산골 마을로 이사한 뒤 겪는 변화, 그것이 음악으로 재탄생하는 과정을 생생하게 전해줍니다. 새순이 움터 자라고, 꽃이 피고 지고, 눈비가 내리고, 열매가 맺혀 떨어지는 산속의 리듬 속에 동화되어 작가는 텃밭을 가꾸고, 마을 일을 돕고, 열심히 음악을 만듭니다.

이렇게 요약해 버리면 누군가는 '예사로운 귀촌 일기네'라고 여기시겠죠. 그러나 작가의 이야기가 진귀한 이유는 그가 자신을 둘러싼 삼라만상과 하나가 되려는 노력을 거듭해왔다는 점입니다. 솔로몬 제도에서 문득 깨달은 '전체성'을 작곡에 적용하는 과정은 얼마나 과감하고 유심한가요. '나는 아무것도 아니다. 텅 비어 있다. 고로 모든 걸 담을 수 있다.' 우리는 어디까지 알고 있을까요, 나를 텅 비우는 일을. 투명한 내가 되어 당신을 담아보는 일, 나아가 새나 빗물이 되어보는 일. 사랑의 힘으로 나라는 관성을 무너뜨리고 상상을 통해 다른 존재로 거듭나는, 어렵지만 자유로워지는 일을 다카키 마사카쓰는 몇 번이고 해냅니다.

솔로몬 제도에서 집으로 돌아온 작가는 방의 창을 활짝 열고, 자연의 소리를 초대해 함께 연주하기 시작합니다. 재즈로 치면 즉흥 연주 같은 거지요. 사전 준비 없이 지금이다 싶을 때 녹음 시-작. 자연이 내킬 때까지 연주하다 끄-읕. 그 뒤에는 어떠한 편집이나 재녹음을 하지 않고 처음의 날것 그대로를 '마지널리아 #00'이라 이름 붙여 누구나 들을 수 있도록 온라인에 공개합니다.

가령, 마지널리아 #90은 비가 쏟아지는 어느 봄밤의 소리로 시작합니다. 다카기 마사카쓰가 문득 피아노의 중저음 건반을 종을 치듯 둥둥 두 번 울리고, 때마침 까마귀 한 마리가 어둠을 뚫고 "까악까악까악" 울면서 지나갑니다. 멈추지 않고 한 음 한 음 밤의 영혼을 다독이는 연주를 신중하게 이어가자, 들새와 풀벌레가 목소리를 수줍게 더하며 화답합니다. 이렇게 2017년에 만들기 시작한 마지널리아는 2024년 9월 현재 무려 #178에 이릅니다.

한번 녹음한 연주를 왜 더 좋은 상태의 곡으로 수정하지 않는 걸까, 평판이 안 좋아질 수도 있지 않을까, 하고 아주 잠시 생각한 적이 있었습니다. 작가는 마지널리아 작업에서 만큼은 그게 중요하지 않다고 여기는 듯합니다. 그보다 더 중요한 '전체성의 유일무이함'을 조금이라도 해치고 싶지 않은 거겠지요. 오늘 당신 귀로 쏟아지는 매미의 노래는 두 번 다시 들을 수 없습니다. 당신에게 불어오는 그 바람도 두 번 다시 같은 숨결로 속삭이지 않지요. 반짝, 모였다가 이내 흩어지는 존재들의 찰나적 교감을 고스란히 기록해 두고 싶었던 겁니다. 인생에 두 번 다시 오지 않을 순간이 음악으로 다시 태어나는 작품이 마지널리아인 거지요.

아, 그렇군요. 우리 모두는 매일 단 한 번뿐인 세상의 음악을 들으며, 동시에 누군가의 하루에 노래를 불러주고 화음을 보태며 살아가고 있는 거군요. 이렇게 생각하면 한 마디 말도 함부로 내뱉지 못하겠는 걸요. 길가에 꾸벅꾸벅 조는 풀이 꿈결에라도 제 말을 듣기 좋은 자장가로 들어주면 좋겠습니다. 풀이 바람과 함께 저를 쓰다듬는 노래를 자주 들려주듯이. 이 책을 읽으신 여러분 모두가 서로에게 둘도 없이 아름다운 음악가입니다.

개인적인 감동과 궁금증에서 시작한 번역이 완결된 책으로 나오기까지 세 번의 기적 같은 만남이 있었습니다. 먼저 손 내밀어 원고를 진지하게 봐주신 '봄날의책' 박지홍 님, 질문 가득한 메일에 하나하나 다정하게 응답 주신 히라누마 지연, 오카노 아츠코, 히라누마 안나 님, 원고에 깃든 음성吟聲을 발견하고 마침내 음악으로 가득한 책으로 펴내주신 '열매하나' 천소희, 박수희 님께 깊이 감사드립니다.

귀뚜라미 소리 또랑또랑 씩씩한 늦여름 아침,
오하나

『음악으로 가득한』을 위한 플레이리스트

오랫동안 다카기 마사카쓰의 음악을 듣고 애정해 온 오하나 번역가가 그의 수많은 음악 가운데 열세 곡을 선별하여 독자들에게 추천합니다. 음악을 들은 뒤 본문에서 '짝이 되는 글'을 다시 읽어 보세요. 다카기 마사카쓰의 음악과 글이 만나는 접점에서 더욱 깊고 다채로운 세계를 경험해 보시길 바랍니다.

1. _____

おかあさんの唄(어머니의 노래),《おおかみこどもの雨と雪》(늑대아이) OST, 2012

저에게 다카기 마사카쓰라는 세계를 열어 준 노래입니다. 몇 번을 다시 들어도 마음이 울렁거리고 눈물이 나려 하네요. 매일같이 아이를 씻기고 먹이고 길러서, 때가 되면 새처럼 날려 보내는, 세상 모든 어머니께 들려 드리고 싶습니다.

* 짝이 되는 글 : 내 안의 천재에게

2. _____

しらいき(하얀 입김),《かがやき》(반짝반짝), 2014

다카기 마사카쓰 부부의 절친한 친구이자 책의 주요 등장인물이지요. 하마 짱이 부르는 <하얀 입김>을 찾았을 땐 어찌나 반갑던지요. 책 속 악보와 가사를 따라가며 들어 봅시다. 동요 <반짝반짝 작은 별>에 버금가는 단순한 멜로디에서 무구한 빛이 느껴집니다.

* 짝이 되는 글 : 하얀 입김

3.

girls, 《COIEDA》, 2003

다카기 마사카쓰는 뛰어난 영상 작가이기도 합니다. 'girls' 영상을 보고 나면, 무지개를 일억 천만 가지 색깔 속을 유영하듯 보게 된다는 작가의 말이 과언이 아님을 알게 되실 거예요. 여러분을 그 특별한 시공간으로 초대합니다.

* 짝이 되는 글 : 시공간 여행

4.

Nijiko(Tiny Piano), 《おむすひ》(손잡기), 2013

작가의 음악을 들으면 눈앞에 영상이 지나가곤 하는데, 그래서 저는 다카기 마사카쓰가 소리로 그림을 그리는 화가 같기도 해요. 이 곡에서는 힘차고 자유로운 나, 무엇으로도 변할 수 있는 나를 생생하게 볼 수 있었습니다. 어떤 이유에서든 지치고 무력한 날이 있지요. 그런 날 자기 안에 잠재된 힘을 믿으며 들어 보세요.

* 짝이 되는 글 : 우박과 옥수수

5.

Magic of Food, 《キッチンから花束を》(부엌에서 온 꽃다발) OST, 2024

여러분은 정말로 맛있는 요리를 먹을 때 내 안에서 무언가가 피어난다는 느낌을 받으시진 않나요? 이 곡이 제게 불러일으키는 느낌이 딱 그랬습니다. 다카기 마사카쓰는 손수 텃밭을 가꾸고, 농부, 요리사, 생명과학자와 함께 워크숍을 여는 등 건강하고 조화로운 식생활에도 관심이 많은 것 같아요. 즐거운 점심시간의 배경 음악으로 추천 드립니다.

* 짝이 되는 글 : 웃기고 이상한 수다

6. _____

WAVE, 《Tai Rei Tei Rio》, 2009

앨범 제목인 'Tai Rei Tei Rio'는 작가가 상상해 낸 고대 일본의 신화적 장소입니다. 그곳에서 유라시아 북방인, 시베리아 서방인, 남쪽 열도를 거슬러 온 남방인이 합류해 각자의 음악을 뒤섞습니다. 음악 속에는 우리 공통의 기억을 불러일으키는 누군가, 광풍을 가르며 초원을 달리는 한 사람, 밀려갔다 밀려오는 거대한 흐름이 있습니다. 작가가 음악가로서의 정체성, 자기 음악의 뿌리를 찾아 떠난 기념비적인 앨범입니다.

* 짝이 되는 글 : 자연을 닮은 콘서트

7. _____

Lava, 2008

죽음 뒤에 찾아오는 시간. 육신은 재가 되어 흩어지고 빛과 파동만이 남아 세상을 떠돕니다. 꼭 장례식장에 울려 퍼지는 종교 음악 같습니다. 영상과 함께 마음 깊이 적요해지는 시간을 가져 보세요.

* 짝이 되는 글 : 자연을 닮은 콘서트

8. _____

flat echo, 《rehome》, 2003

작가는 세계 각국을 돌아다녔지만 "모든 것이 전부 떠나 온 그곳에 있었다"고 말했지요. 작가가 세계 여행을 마치고 가메오카의 집으로 돌아온 뒤 발표한 앨범입니다. 일상에서 되찾은 반짝임이 시계의 초침 소리 사이사이에 깃들어 있습니다. 제가 이 곡으로 뮤직비디오를 만든다면 일상을 아기 돌보듯 소중하게 대하는 분들의 모습을 이어 보겠어요. 그런 분들에게선 숨길 수 없는 빛이 새어 나오지요. 곡과 잘 어울릴 듯해요.

* 짝이 되는 글 : 한 걸음 앞으로

9. _____

おやま(산), 〈山咲み〉(산의 미소), Live at めぐろパージモンホール, 東京, 2015

다카기 마사카쓰의 가늘게 떨리는 목소리에서 까마귀 새끼가 둥지를 뜨기 전날의 긴장되고 설렌 마음이 전해집니다. 조그맣고 애틋한 노래예요. 당신에게는 지금 지켜 주고 싶은 존재가 있나요? 조용한 밤 곁에 있었으면 하는 누군가가 있나요. 그들과 온기 나누며 들어 보시길 바랍니다.

* 짝이 되는 글 : 한 곡 부르면 일곱 곡이 열리고

10. _____

かたつむり(달팽이), 〈大山咲み〉(큰 산의 미소) Live at ロームシアター, 京都, 2016

작가의 음악은 아니지만 여러분과 함께 듣고 싶은 라이브 클립이 있어 가져왔습니다. 두루마리 그림 이야기꾼 히가시노 겐이치 씨가 이 공연을 마치고 얼마 지나지 않아 돌아가셨다고 하지요. 그가 만면에 미소를 띠고 무대 위로 올라와서 두루마리 그림을 펼칩니다. 마음을 다해 전하는 이야기는 무슨 말인지 몰라도, 왠지 웃음이 나고 뭉클해요. 무엇 때문일까요. 히가시노 겐이치 씨가 묻는 말에 관객들이 한마음으로 이렇게 대답합니다. "등불을 밝히고 있지요오-!!"

* 짝이 되는 글 : 천천히 머무는

11. ───────────────────────────────

Harmony, 《Opus Pia》, 2002

작가가 어디 여행을 가서 녹음해 온 듯한데, 거의 손을 대지 않고 <Harmony>란 제목으로 발표했네요. 우리가 발붙이고 사는 세상의 소리들이 작가에게는 전부 조화로운 음악으로 들렸나 봅니다. 저도 덕분에 반려견의 재채기 소리나 보글보글 끓는 된장찌개 소리가 음악으로 들리고, 그래서 조금 더 흥미로운 하루를 보내고 있습니다. 소음과 음악은 정말 한 끗 차이예요! 여러분의 오늘이 음악으로 가득하기를 빕니다.

* 짝이 되는 글 : 귀를 열면 새로운 소리가

12. ───────────────────────────────

Marginalia #90, 《Marginalia IV》, 2021

이 곡 앞에서는 할 말조차 잊게 되고……, 그저 함께 귀 기울여 보자고 청합니다. 비가 쏟아지는 어느 봄밤의 연주입니다. 다카키 마사카쓰가 피아노 음 하나 하나를 흐르는 빗물에 띄워 전합니다. 공손하고 다정하게 손을 내밀 듯이. 까마귀와 숲새, 풀벌레가 그걸 받아줍니다. 기분이 좋아진다고. 그러고서 수줍게 답가를 부릅니다. 경이롭고 아름답습니다.

* 짝이 되는 글 : 마지널리아

13. _____

Horo, 《おむすひ》(신령), 2013

작가의 마음속 깊고 깊은 샘. 무지개 기슭이란 바로 이곳일까요.
책을 다 읽은 여러분과 헤어지기 전 마지막으로 인사를 나누고
픈 공간이 'Horo' 안에 있었습니다. 오직 따스한 사랑만이 남은
이곳에서 서로 꼬옥 안아주며 감사할 수 있기를. 서로의 생을 축
복하며 헤어집시다.

* 짝이 되는 글 : 다정한 게 좋아

※ 큐알코드를 통해 플레이리스트를 들어 보세요.

_____ 음악으로
_____ 가득한

초판 1쇄 발행 2024년 11월 16일

글쓴이 | 다카기 마사카쓰
옮긴이 | 오하나

펴낸이 | 천소희
편집 | 박수희
교정 | 김민채
디자인 | kimmnew
그림 | sohoyo(PAPER PLATE)

펴낸곳 | 열매하나
등록 | 2017년 6월 1일 제2019-000011호
주소 | 전라남도 순천시 원가곡길75
이메일 | yeolmaehana@naver.com
인스타그램 | @yeolmaehana

ISBN 979-11-90222-39-6 03830

 삶을 틔우는 마음 속 환한 열매하나